ICH BIN KEIN MÖRDER

Thriller

von

Volker Ferkau

Lektorat: Eva Prager

Printed by Amazon Distribution

ISBN-13: 978-1492376590
ISBN-10: 1492376590

1

Oliver legte seiner Mutter die Ratte vor die Füße. Daniela Strauss traute ihren Augen nicht, denn die Ratte bestand aus zwei Hälften und ihre Därme und das dunkle Blut verschmutzten die Fußmatte. Sie war in der Mitte zerteilt worden.

»Warst du das?«, fragte Daniela.

»Ob ich die Ratte kaputt gemacht habe?«, antwortete der achtjährige Junge.

»Hast du?«

»Ich habe sie zerschnitten. Mit Papas Taschenmesser.«

Die hellen blauen Augen leuchteten wie kleine Scheinwerfer und überstrahlten die Kühle im ebenmäßigen Gesicht des Jungen. Mit einer trotzigen Geste wischte er sich die langen blonden Haare aus der Stirn und reckte das Kinn nach vorne. »Ratten sind ekelhaft!«

»War sie schon tot?«

Oliver zuckte die Achseln. »Nicht ganz. Irgendwie halbtot, als ich sie gefunden habe. Ich hab den Rest gemacht. Sie hat laut gequiekt.«

»Sie hat gequiekt?«

»Ja, aber nicht lange.«

»Geh rein«, sagte Daniela tonlos, bückte sich, klappte die Matte zusammen und warf sie mitsamt der Ratte in den Mülleimer, während ihr Sohn das Haus betrat und die Straßenschuhe auszog. Das tote, schmierige Ding war ekelig und sie bekam eine Gänsehaut. Widerlich!

»Warum hast du sie weggeschmissen, Mama?«

Daniela Strauss klappte der Mund auf. Sie fasste sich. »Was hattest du damit vor?«

»Du hättest sie wieder zusammennähen können. So wie Oma damals meinem Teddy den Kopf wieder angenäht hat.«

Daniela spürte kalte Finger über ihren Rücken tasten. »Sag mal ... spinnst du?«

Mit meinem Sohn stimmt etwas nicht!

»Warum sagst du das?« Olivers Stimme klang härter, fast herrisch.

Daniela war überfordert. Sie wusste, dass viel auf die folgenden Minuten ankam, auf ihre Reaktion, auf ihren Verstand, ihre Übersicht. Stattdessen sagte sie: »Geh in dein Zimmer. Und zwar sofort! Und da bleibst du, bis Papa nach Hause kommt, ist das klar?«

Lächelte Oliver? Ja, er tat es. Ganz still lächelte er, nickte fast unmerklich und ging auf Socken davon. Bevor er die Treppe zu seinem Zimmer hoch stieg, blieb er stehen, drehte sich um und sagte deutlich: »Ich bin kein Mörder, Mama. Es ist doch nur eine Ratte.«

»Wasch dir die Hände und gehe in dein Zimmer. Wir sprechen später darüber«, stieß Daniela hervor.

»Okay«, sang der Junge, als sei nichts geschehen, strahlte seine Mutter an und sprang die Stufen hoch.

2

Daniela und Stefan Strauss hatten sich jahrelang vergeblich ein Kind gewünscht. Es dauerte eine Weile, bis der Urologe feststellte, dass Stefans Samenzellen müde Schnecken waren. Nach langen Gesprächen einigte sich das Paar, Daniela künstlich befruchten zu lassen. Man entnahm Stefan Spermien aus den Nebenhoden und unterzog die Eizelle einer intrazytoplasmatischen Spermieninjektion. Daniela spritzte sich wochenlang tapfer die nötigen Hormone in die Bauchdecke. Der gesamte Eingriff war lästig, doch sie standen es gemeinsam durch, getragen vom Wunsch, Eltern zu werden.

Und es gelang auf Anhieb.

Daniela wurde schwanger und neun Monate später stand Stefan am Bett seiner Frau und weinte vor Glück.

Sie nannten ihren Sohn Oliver.

Sie gaben sich das Ehrenwort, alles für dieses Kind zu tun, stets für es da zu sein. Ihr Leben hatte endlich einen Sinn.

Von nun an gedieh Stefans Karriere als Anlageberater, als habe das Kind einen inneren Motor angeworfen. Daniela ging in ihrem Beruf als Mutter auf wie eine prächtige Blüte. Nicht einen Tag war ihr das Schreien des Kindes, seine Launen und mögliche Schwierigkeiten, die kleine Kinder bereiten, lästig. Das gehörte für sie dazu.

Sie und Stefan hatten so viel getan, um dieses Kind zu bekommen, also betrachteten sie den hübschen blonden Jungen als ihr ganz persönliches Geschenk und Glück.

Oliver kam in den Kindergarten, dann in die Vorschule. Er galt als intelligent, freundlich und zuvorkommend, ein stilles Kind, das sehr oft nach innen zu blicken schien.

Seine Stimme war kontrolliert, seine Bewegungen wirkten manchmal seltsam erwachsen. Als er sechs wurde, konnte er lesen und einfache Worte schreiben, was er sich in seinem Zimmer selbst beigebracht hatte. Es bereitete ihm keine Mühe, einfache Gedichte auswendig zu lernen, und als Stefan versuchsweise mit dem Kleinen Schach spielte, erstaunte Oliver seine Eltern mit einer Rochade und einem Angriff, der so manchen Erwachsenen überfordert hätte.

Sie sprachen mit den Lehrern. Nein, Oliver war nicht hochbegabt, auch wenn es so schien, sondern ein ganz normales Kind. Sein IQ lag bei 115, zwar über dem Durchschnitt, aber nicht so hoch, dass es für einen Schulwechsel auf eine Hochbegabtenschule genügte.

Er würde später ohne Probleme sein Abitur machen und studieren. Seine handwerklichen Ansätze waren gut, aber seine Leidenschaft war der Malunterricht, wo er Figuren zeichnete, die er mit einem Rand versah, wie man ihn in Comics fand, was sein Lehrer als außergewöhnlich bewertete. Das sprach für eine visuelle Kraft, die ein Kind in diesem Alter eigentlich noch nicht hatte.

Mit acht Jahren war Oliver im dritten Schuljahr, das er spielerisch meisterte. Nach wie vor galt er als freundlich und zurückhaltend.

Bei sozialen Kontakten spielte sich der Junge jedoch nie in den Vordergrund, weshalb er bei seinen Mitschülern beliebt war.

Er war ein hübsches, stilles Kind mit blauen Augen, die nichts über ihn verrieten, stritt sich selten und zog sich stets zum richtigen Zeitpunkt zurück.

Eines Tages wurde eine Schülerin, ihr Name war Glen, vor seinen Augen von einem Bus überfahren.

Der Bus schleifte das Mädchen fünfzig Meter mit, wo es verrenkt, blutend und deformiert starb. Oliver stand neben dem Leichnam seiner Klassenkameradin und starrte sie an. Frauen jammerten, Männer fluchten und seufzten, in der Ferne heulten Polizeisirenen und die eines Krankenwagens.

Herr Wells, Olivers Klassenlehrer, kam dazu. Sein ganzer Leib zitterte, sein Atem stotterte wie ein maroder Motor. Es war seine Aufgabe, sich um die Lebenden zu kümmern, also um seinen Schüler, der wie ein einsamer Fels inmitten der Menge stand. Er berührte Oliver, wollte mit ihm reden, dann zuckte er zurück.

Später berichtete er Olivers Eltern:

»Ihr Sohn stand da. Stand einfach da. Er sah die kleine Unglückliche an, schien sie regelrecht zu studieren. So, wie ein Wissenschaftler ein totes Insekt anschaut. Doch besonders seltsam war ... Ihr Sohn weinte nicht.« Wells machte eine Pause. »Oliver lächelte.«

Wenige Wochen später legte der Junge seiner Mutter eine in der Mitte zerschnittene tote Ratte auf die Fußmatte, wie eine Katze, die ihrem Frauchen einen toten Vogel anbietet.

3

Daniela und Stefan Strauss beschlossen, den Vorfall mit der Ratte zu ignorieren, doch so einfach war das nicht.

Oliver zeigte in keiner Minute Schuldbewusstsein, lediglich dass er das Taschenmesser seines Vaters geklaut hatte, schien ihn zu belasten. Er entschuldigte sich dafür, dann wandte er sich seinen Spielsachen zu, als sei damit alles geklärt.

Später, sie lagen nach der noch immer befreienden Liebe nebeneinander, schwer atmend, zufrieden und glücklich miteinander, erklärte Stefan: »Kinder experimentieren. Der eine zerschneidet einen Regenwurm, um zu sehen, ob tatsächlich beide Teile weiterleben, ein anderer reißt Fliegen die Flügel aus oder lässt seine Maus im Waschbecken schwimmen, bis sie versinkt.«

Daniela antwortete: »Das begreife ich. Viel schlimmer als die Ratte war seine Frage, ob ich sie wieder zusammennähe. Das ist ... seltsam. In diesem Moment hatte ich das Gefühl, mit Oliver stimmt etwas nicht.«

Stefan lächelte und streichelte seiner Frau die Wangen, dann küsste er sie. »Oliver ist unser Sonnenschein. Wir werden ein Auge auf ihn haben.«

Zwei Jahre geschah nichts, das das Leben der Familie Strauss durcheinander gebracht hätte. Stefan war nach wie vor erfolgreich in seinem Beruf, Daniela sah sich nach einem Halbtagsjob um. Als gelernte Einzelhandelskauffrau blieben ihr nicht viele Möglichkeiten und sie überlegte, bei Aldi zu arbeiten, wo sie im Vergleich zu anderen Firmen auf jeden Fall gut verdienen würde.

Oliver kam aufs Schiller-Gymnasium in Berlin-Mitte, eine Schule mit gutem Ruf und interessanten Entwicklungszielen. Hier gab es ein hohes Maß an Schulsozialarbeit. Der Girls'-Day, der Boys's-Day, ein sportliches Winterferienprogramm, das mit dem John-Lennon-Gymnasium kooperierte, viele bunte Aktionen und ein interessantes Elterncafé.

Oliver entpuppte sich auch dort als guter Schüler. Seine Lehrer mochten ihn, seine Mitschüler auch, obwohl er wenig Kontakt zu ihnen suchte. Er wurde immer stiller und las Dostojewski.

Der Junge ignorierte Computerspiele und sah nur selten Fernsehen. Seine Liebe galt den Büchern, die für einen Zehnjährigen nicht geeignet schienen.

Er schien zu begreifen, warum Romanowitsch Raskolnikow in *Schuld und Sühne* zum Mörder an einer alten Frau geworden war, einer Laus, wie Raskolnikow sie nannte. Warum der Täter jedoch mehr als 500 Seiten lang ein so schlechtes Gewissen hatte, begriff Oliver nicht. Die alte Frau *war* eine Laus gewesen, und Läuse zerquetschte man mit dem Daumennagel oder etwa nicht?

Daniela, die nie gerne gelesen hatte, war befremdet. Stefan war begeistert.

»Aus ihm wird mal was werden«, sagte er und seine Augen glühten stolz.

»Er sollte mit Freunden spielen. Er ist so anders«, gab Daniela zurück.

»Ganz unser Sohn«, antwortete Stefan, als hielte er sich und seine Frau für etwas besonderes, für *anders*. Doch das waren sie nicht. Sie lebten bürgerlich, sparsam und verantwortungsvoll und fuhren einmal im Jahr für zwei Wochen nach Gran Canaria.

Sie liebten die Insel, das gleichbleibende gesunde Klima und die vielfältige Vegetation.

Außerdem überlegten sie, die weitläufige Eigentumswohnung zu verkaufen, um in ein Haus umzuziehen.

Sechs Monate später war es soweit und Stefan stand in seinem eigenen Garten. Ein helles, freundliches Haus in Berlin Grunewald. Sie hatten den größten Teil ihrer Ersparnisse geopfert, um hier leben zu dürfen, nicht weit entfernt von der Villenkolonie.

Das wäre vor einigen Jahren noch undenkbar gewesen, aber die Immobilienpreise waren im Keller, Berlin röchelte aus dem letzten Loch und war pleite.

Stefan reckte sich und sagte: »Das gehört uns. Bezahlt von unserem Geld, Liebste. In der Nähe ist der Königssee, bis zur City sind es nur ein paar Minuten. Gebraucht, aber unseres.« Er legte Daniela einen Arm um die Schultern und zog die schlanke Frau an sich. Sie schmiegte sich in seinen Arm und Tränen des Glücks liefen über ihre Wangen.

Oliver kam zu ihnen und blickte seine Mutter an. Er legte den Kopf schräg und musterte sie interessiert.

»Warum weinst du, Mama?«, fragte er sachlich.

»Weil ich glücklich bin.«

»Und dann weint man? Solltest du dann nicht lachen?«

Stefan, der nicht einmal in den letzten zehn Jahren seinen Sohn von oben herab angesprochen hatte, kniete sich auf Augenhöhe und legte ihm die Hände auf die Schultern. »Freust du dich über dein neues Zimmer und das schöne Haus?«

»Ja, Papa. Es ist super.« Olivers Gesicht war regungslos.

»Ich spüre das nicht bei dir«, sagte Stefan. »Manche Kinder weinen mit, wenn andere weinen. Oder wenn du das nicht willst, könntest du vor Freude lachen. Oder singen. Oder albern sein.«

»Albern sein ist Unfug«, sagte Oliver, drehte sich aus dem sanften Griff seines Vaters und stolzierte davon.

Stefan erhob sich und blickte Daniela an. »Er ist so ... kühl.«

Sie nickte und wischte sich die Tränen aus dem Gesicht. »Er liest andauernd dieses Zeug. Das verwirrt ihn. Er ist doch noch ein Kind ...«

»Dieses Zeug macht ihn klüger.«

»Aber um welchen Preis?« Daniela sah ihren Mann hilflos an. »Sollte er nicht Fußball spielen oder vor dem Computer hocken oder Trickfilme anschauen? Er liest, was sogar die meisten Erwachsenen nicht kapieren.«

Stefan lächelte und in seinen Augen las sie: Was *du* nicht verstehst!

»Wenn du öfter zuhause wärst, wüsstest du, worüber ich rede«, sagte Daniela energisch.

»Du müsstest ihn mal beobachten, wenn er liest. Er ist in einer anderen Welt und wenn ich ihn anspreche, sieht er mich an, als nehme er mich gar nicht wahr. Er blickt regelrecht durch mich hindurch. So wie damals, als er die Ratte angeschleppt hat.«

»Die Ratte?«

Ach ja, Stefan erinnerte sich wieder.

»Genau so. So ... kalt.«

Stefan ging zum Grilltisch, ein Sonderangebot aus dem Baumarkt mit Stromanschluss, ein echt geiles Teil, wie manche sagen würden, für Stefan ein dienlicher Gebrauchsgegenstand.

Auf dem unteren Fach standen drei Flaschen Bier, von denen er eine entkorkte, den Flaschenöffner wieder akkurat auf seinen Platz legte, trank, sich in den weißen Kunststoffsitz fallen ließ und sagte:

»Was meinst du genau?«

Er hörte seiner Frau stets sehr genau zu, denn auch wenn sie manchmal schrecklich unwissend war, hatten ihre Worte ein emotionales Gewicht, wie er es vor ihr nie erlebt hatte. Manchmal verdrehte er innerlich die Augen, dann erinnerte er sich an ihr großes Herz und liebte sie umso mehr.

Sie setzte sich neben ihn.

Unser Garten!

Unser Refugium!

Wir sind eine glückliche Familie.

Wir haben keine Sorgen und einen wunderbaren Sohn, den wir über alles lieben!

»Wie warst du als Kind?«, wollte Daniela wissen.

Stefan grinste. »Du willst wissen, ob ich so war wie Oliver? Nein, so war ich nicht. Ich bekam so manche Ohrfeige von meiner Mutter, wenn ich vorlaut war oder nicht gehorchte. Und Vater holte oft den Gürtel und dann gab es ordentlich was auf den Hintern. Vater hat mich reichlich geprügelt. Bis zu seinem Tod stand das zwischen uns. Ich schwor mir, bei einem eigenen Kind anders zu sein. Tolerant. Nicht gewalttätig. Man muss über Dinge hinwegsehen können. Auf keinen Fall wollte ich das, was ich selbst erlebte, an mein Kind weitergeben, auch wenn behauptet wird, Eltern täten das. Ich glaube das nicht.«

»Siehst du, das meine ich. Oliver ist immer brav. Man muss ihn nicht ausschimpfen, er tut, was man ihm sagt. Ein Zehnjähriger, der tut, was man ihm sagt. Das gibt es nicht. Und wie war es früher? Keine Trotzanfälle, kein Hinwerfen im Laden, wenn er Süßigkeiten sah, kein Steifmachen, wenn er seinen Willen wollte.«

»Wir haben ihn gut erzogen, voller Liebe.«

»Ja, das haben wir. Ist dir aufgefallen, wie er sich kleidet? In seinem Alter fangen Jungs an, sich entsprechend anzuziehen. Und Oliver? Keine Schlabberhosen, die ihm in den Knien hängen, keine Shirts für Riesen oder Baseballkappen.«

Stefan nickte.

»Ich habe ihn gefragt und er sagte, er würde nicht einsehen, warum er sich wie ein Schwarzer kleiden soll, wenn er keiner ist. Und mit dieser Rapmusik hat er auch nichts am Hut. Die Texte würde sowieso keiner verstehen, sagte er, und das sei unbedingt notwendig. Diese Denkweise finde ich ungewöhnlich für einen Zehnjährigen, verstehst du? Wissen wir wirklich, was in ihm vorgeht, oder betrachten wir ihn nur als unseren Sonnenstern? Wir sind so stolz auf ihn, dass wir vergessen, dass er ein Indivdi ...«

»Individuum.«

»Dass er ein Individuum ist. Er ist nicht nur der brave, süße Junge, sondern ihn beschäftigen Dinge. Ich hab den Eindruck, wir sprechen zu selten mit ihm. Eben weil er so leicht zu führen ist.«

Da war es wieder. Obwohl Daniela Bildung fehlte, war ihre emotionale Intelligenz überwältigend. Ihr Einwand klang vernünftig, doch Stefan wehrte ihn ab. »Du machst dir zu viele Gedanken. Lass uns froh darüber sein, dass er ein guter Junge ist. Wenn du erst bei Aldi anfängst, wird dich das auf andere Gedanken bringen.«

Sie blickte ihn lange an und schwieg.

Im Apfelbaum zwitscherten Vögel, eine milde Brise strich über den makellosen Rasen, auf den Holzbohlen der Terrasse kämpften zwei Wespen miteinander.

4

Oliver mochte den Jungen nicht.

Genau genommen hasste er ihn. Das zeigte er nicht, aber in ihm brodelte es, wenn Kevin Dunker sich zu ihm beugte, um abzuschreiben. Oliver war keines der Kinder, die den eigenen Text mit dem Unterarm oder der Hand verdeckten, so etwas fand er kindisch. Aber er bestand darauf, dass seine eigene Leistung gewürdigt wurde, was nicht geschah, wenn man sie ihm stahl.

Außerdem stank Kevin, denn er war fett.

Oliver, ein schlanker Junge, nicht besonders gut im Sport, aber dennoch sehnig und gelenkig, hatte vieles über falsche Ernährung gelesen.

Und er versuchte, sich daran zu halten.

Während seine Schulkameraden mit ihren Handys hantierten oder über World of Warcraft palaverten und darüber, wie man sich einloggen konnte, ohne dass die Eltern es merkten, während manche voller Stolz die Adressen von Pornowebsites austauschten, wo man sich die ganze Ferkelei kostenlos anschauen konnte, während Jungen und Mädchen erste zarte Bande knüpften und sich heiße Textnachrichten schickten, hatte Oliver mehr Vergnügen dabei, den neuesten *Spiegel* oder *Fokus* zu lesen, manchmal auch den *Stern*, wo er interessante Themen fand.

Kevin stank nicht nur, sondern fraß auch Müll.

So wie Ratten Müll fraßen.

Oliver hätte es nicht gewundert, würde Kevin Krankheiten verbreiten, denn Mundgeruch hatte er auch. Kein Wunder, wenn man sich von Burgern ernährte und andauernd Red Bull trank.

»Lass das«, sagte Oliver leise. Seit zehn Minuten war es ganz still im Klassenzimmer. Mathearbeit. Ächzen. Kratzen am Kopf, unter den Haaren.

Kauen auf dem Schreibstift. Hilflose Blicke. Und Lehrer Bongartz, der so tat, als sähe er nichts und dennoch jeden Schüler im Auge hatte. Abschreiben galt nicht und wer mit einem Handy oder einem Spickzettel erwischt wurde, hatte ein Problem.

Kevin machte einen langen Hals, wenn man von dem Fettrand unter seinem Kinn von einem Hals sprechen konnte.

»Lass das«, wiederholte Oliver.

»Arschgesicht ...«, jammerte Kevin. »Sei doch nicht so.«

Dostojewski hatte Recht.

Läuse waren dazu da, sie auszumerzen.

Und es gab so viele von ihnen, nicht nur alte Weiber.

Wohin Oliver blickte, sah er Läuse. Läuse, die sich dem Lehrer anbiederten. Läuse, die sich mit ihren Eltern stritten. Läuse, die nichts anderes im Kopf hatten als Pornowebsites.

Wie er diese Websites hasste.

Selbstverständlich hatte auch er sie besucht, während Papa auf der Arbeit und Mama bei einem Vorstellungsgespräch war.

Eine unübersehbare Vielfalt von Fleisch. Hier hatte Oliver das erste Mal in seinem Leben Frauen gesehen, die ein Ding zwischen den Beinen hatten. Ein Ding, liebe Güte! Das war echt krank! Und die Männer hatten Dinger, so groß wie Unterarme und die steckten sie überall bei Frauen rein, sogar da, wo es richtig ekelig war. Und alle tummelten sich gemeinsam und rutschten aufeinander rum und immerwährend wurde was reingesteckt und manchmal ergoss sich die Sauce, immer wieder, weit und milchig. Aber besonders ekelte er sich vor den Männern, die es mit Männern trieben. Und vor den kleinen Asiatinnen in Schülerkleidung mit Ringelsöckchen, die sich auf alte runzelige Männer setzten, die dann stöhnten und keuchten wie Tiere.

Nach dreißig Minuten war Oliver in Schweiß gebadet und mit zitternden Händen verabschiedete er sich aus dem Internet. Er schwor, niemals das zu tun, was er gesehen hatte, niemals seinen Zipfel irgendwo reinzustecken, denn das roch gewiss noch schlimmer als Kevin aus dem Maul.

Oliver begriff nicht, was seine Schulkameraden daran fanden.

Vor ein paar Wochen kursierte ein Handyvideo auf dem Schulhof, in dem eine Schülerin aus der sechsten Klasse sich von anderen Jungen aufspießen ließ.

Aufspießen!

Hallo?

Die Zehnjährigen wussten, dass die älteren Schüler manchmal sehr viel Alkohol tranken und dann mit Handykameras filmten, wie sie es miteinander trieben. Sie bezeichneten sich als Helden und waren doch nicht besser als diese Leute von den Websites.

Und dämlich waren sie außerdem, fand Oliver.

Wer garantierte einem, dass der Film wieder gelöscht wurde?

Innerlich lachte der Junge über die Dummheit seiner Schulkameraden. Doch er zeigte es nicht, tat stets, als sei er maßvoll interessiert und zog sich deshalb nie den Unmut seiner Altersgenossen zu.

Doch nun brodelte es in ihm.

Es war kein Zorn auf Kevin, sondern eine sanfte Form des Unmutes, um die Früchte seiner Lernbereitschaft gebracht zu werden.

Und am schlimmsten war, dass Kevin sich nicht beirren ließ.

Sollte er ihn noch einmal warnen? Dann bestand die Gefahr, dass Lehrer Bongartz es bemerkte und Oliver als Kameradenschwein da stand.

Er sah Kevin an. In die Augen. Versuchte, ihn Kraft seines Willens von diesem Betrug abzubringen, aber der Junge kratzte sich einen Pickel blutig und grinste blöd.

Kevin trug eine kurze Hose. Gut so!! Oliver rammte seinen Füllfederhalter, einen gelben Lamy Safari, in Kevins fetten Oberschenkel. Er steckte alle Kraft hinein und tatsächlich versank die Feder aus Metall tief ins Fleisch.

Der Junge sprang auf, warf um Haaresbreite den Tisch um und fing an zu brüllen wie am Spieß. Er sprang mit dem Rücken gegen die Wand. Aus seinem Schenkel ragte der Füller und wippte.

Die Feder war bis zum Schaft eingedrungen.

Wippend im fetten Fleisch!

Dann fing Kevin an zu heulen, zu sabbern, aus seiner Nase lief Rotz und über seine Beine Blut, das sich mit Tinte mischte.

Oliver beobachtete Kevins Reaktion.

Beobachtete sie sachlich und interessiert.

So also reagierte man, wenn einem so etwas angetan wurde?

Das war spannend. Eine heiße Woge strömte durch Oliver, ein Gefühl der Macht. Nur eine kleine Bewegung, nur ein vager Reflex und er war Herr über Schmerzen – und Herr über seine Mathearbeit.

So behandelte man Läuse und Ratten. Indem man sie knackte oder zerschnitt.

Mochten sie quieken. Derjenige, der schnitt, war Herr über das Gezeter und konnte entscheiden, wie lange er es hören wollte.

Lehrer Bongartz stürzte heran und kümmerte sich um den verletzten Jungen. Sein Blick traf Oliver, während sich Kinder um den Lehrer und Kevin scharrten, der heulte wie eine Sirene.

5

Daniela hatte Mühe, Haltung zu bewahren. Erst gestern hatte sie mit Stefan über Oliver gesprochen und ihr Mann hatte, wie er es so gerne tat, ihre Einwände verscheucht, unter den Teppich gekehrt, hatte seine ganz eigene heile Welt gepredigt und die restlichen zwei Flaschen Bier getrunken.

Und nun wurde sie zum Schuldirektor gebeten. Nicht etwa freundlich, sondern mit Vehemenz und der Drohung, das Jugendamt einzuschalten.

Das war ein Skandal. Das war undenkbar.

Oliver hatte einem Mitschüler Gewalt angetan.

Kalt und überlegt.

Daniela rief Stefan an, der eine Stunde später zuhause eintraf. Sein Gesicht war bleich, sein Mund ein zorniger Strich. Und er sagte etwas, dass Daniela von ihm noch nie gehört hatte: »Ich werde dem Kurzen den Arsch versohlen, dass er eine Woche nicht mehr sitzen kann.«

Sie versuchte, ihn zu beruhigen.

Er war zornig, kochte über vor Wut. Schließlich beruhigte er sich und Daniela war froh, dass man Oliver in der Schule festhielt, wo sie ihn abholen sollten.

Es war erniedrigend.

Der Schuldirektor war zwar freundlich und überlegt, außerdem wies er die Strauss' darauf hin, dass Oliver unbedingt zu einem Kindertherapeuten solle, schließlich meinte er sogar, Kinder seien manchmal sehr kompliziert und man wolle das nicht überbewerten, doch Daniela wurde das Gefühl nicht los, der Mann wolle vor allen Dingen sich und seine Schule schützen.

Sie verließen das Schulgebäude, Oliver zwischen sich, der den Kopf gesenkt hielt.

Daheim stellten sie ihren Sohn zur Rede.

Oliver saß im Wohnzimmersessel, das Gesicht offen gegen seine Eltern gewandt, das Kinn stolz erhoben.

»Warum?«, fragte Stefan. »Warum tust du uns das an?«

Oliver kaute auf der Unterlippe und schwieg.

»Haben wir dir nicht alle Liebe gegeben, die ein Kind sich wünschen kann?«, fragte Daniela.

Er nickte und schwieg noch immer.

»Der Direktor sagte, du hast das getan, weil dein Schulfreund abschreiben wollte?«

In Stefans Stimme schwang Unglaube.

Oliver hob die Brauen. »Er stinkt!«

Seine Eltern fuhren zurück.

»Was?« Stefan riss die Augen auf. »Was hast du gesagt? Ich habe mich verhört, nicht wahr? Das kann doch kein Grund sein ...«

»Er ist eine Laus!«, sagte Oliver.

»Und es tut dir kein bisschen leid?«, fragte Daniela, die nach Absolution suchte, für sich, für ihren Mann, für ihren Sohn.

»Er hat es verdient«, murmelte Oliver. »Und nun muss ich Schulaufgaben machen. Morgen schreiben wir einen Aufsatz.«

Stefan sprang auf. Seine Hände öffneten und schlossen sich.

Daniela schüttelte den Kopf. »Nein, Stefan, bitte nicht ...«

»Man sollte dir, man sollte ...« Stefan beugte sich über seinen Sohn, kniete sich nicht hin, sondern blickte auf ihn hinab.

»Er wollte mich bestehlen, Papa«, sagte Oliver und zog den Kopf nur ganz leicht zwischen die Schultern.

Das brachte Stefan zur Vernunft und er setzte sich zögernd, zitternd und schnaufend zurück in seinen Sessel. »Bestehlen?« Nur mühsam brachte Stefan seine Gefühle unter Kontrolle.

»Er wollte meine Leistung stehlen, Papa. Ich habe gelernt, um eine gute Zensur zu schreiben, und dieser fette stinkende Kerl beklaut mich. Er schreibt ab. Ist das nicht Diebstahl?«

Stefan und Daniela blickten sich an. Verständnislos, hilflos, erschüttert.

»Geh in dein Zimmer und lerne«, sagte Stefan nach einer Pause.

»Geh und bleib dort. Mama bringt dir das Abendessen. Ich möchte dich heute nicht mehr sehen. Verdammt, wie blamabel das war beim Direktor. Die ganze Schule wird über uns reden. Unser guter Ruf ...«

In diesem Moment lächelte Oliver, ein Lächeln, das zwar seine Augen nicht erreichte, aber dennoch sehr selten war. Und in diesem Lächeln schwang Mitleid.

Er schob sich vom Sessel und verließ das Wohnzimmer.

6

Der Therapeut war ein Mann mittleren Alters mit freundlicher Ausstrahlung, einem Kinnbart und fast schulterlangen Haaren. Er trug löcherige Jeans und ein weißes, übergroßes Leinenhemd.

David Normann war eine Koryphäe seines Faches, einer der besten Kindertherapeuten Berlins.

Er hatte mehrere Stunden mit Oliver verbracht.

Nun war es an der Zeit, die Eltern zu informieren. Er sprach ruhig mit angenehmer Stimme und Daniela konnte sich vorstellen, dass Kinder diesen jugendlich wirkenden Mann mochten.

Er strahlte etwas Unbeschwertes aus und seine Augen blitzten fröhlich. Dennoch lag ein ernsthafter Schimmer über seinem Gesicht, der Daniela beunruhigte.

Das Sprechzimmer war einfach, hell und freundlich eingerichtet. Viel IKEA, Topfpflanzen. Nichts, das die Gedanken ablenkte. Im Nebenraum Spielzeuge und andere Utensilien, die ein Kindertherapeut benötigte.

»Darf ich gleich zur Sache kommen?«, fragte David Normann.

Die Eltern nickten.

»Wenn Ihnen etwas erklärungsbedürftig erscheint, unterbrechen Sie mich bitte.«

Die Eltern nickten erneut.

»Ihr Sohn Oliver ist ein sehr intelligentes Kind. Er hat alle Anlagen, um später ein erfolgreiches Leben zu leben, wie er es sich erträumt. Allerdings gibt es da etwas, das ihm sein Leben erschweren wird. Zuerst hielt ich es für das Asperger-Syndrom, aber da irrte ich mich.«

Die Eltern wirkten wie paralysiert. Zwei Menschen voller Liebe zu ihrem Sprössling, für die gleich eine Welt zusammenbrechen würde.

»Oliver nimmt sein eigenes Gesicht nicht wahr.«

»Oliver tut was ...?«, stieß Daniela hervor.

Der Therapeut fuhr fort. »So etwas gibt es, auch wenn es selten ist. Es gibt da einen sehr einfachen Test, wie Sie sich denken können. Mit einem Spiegel. Oliver erkennt sich nicht. Er sieht sich, aber was er sieht, ist nicht mit dem vereinbar, was Sie in ihm wahrnehmen. Wir wissen nicht, wie er sich entdeckt, aber schon, wenn ich ihm einen künstlichen Schnurrbart anklebe oder eine Mütze aufsetze, fragt er, wer der Fremde im Spiegel sei. Deshalb hat er Probleme, in den Gesichtern seiner Mitmenschen zu lesen, die er genauso wenig erkennt. Er weiß, wer Sie sind, erkennt seine Schulkameraden, denn er hört die Stimmen, analysiert die Bewegungen, was auf einer eher intuitiven Ebene geschieht. Er macht seine Begrifflichkeit des Gegenübers an anderen Dingen fest als Sie und ich. Man kennt hier das Ego-Shooter-Syndrom. Die geschädigte Person sieht sich aus derselben Ich-Perspektive, wie sie in Ego-Shootern üblich ist. Nehmen wir an, der Betroffene liebt und spielt diese Computergames oft. Im selben Moment, in dem er sich im Spiegel sieht, würde er sich selbst angreifen.«

Stefan wirkte ganz ruhig. »Wie kommt so etwas?«

Normann machte zuerst den Eindruck, als wolle er sich noch nicht so weit vor wagen, doch dann sagte er: »Ein Hirnschaden. Wir wissen bis heute noch nicht, wie er entsteht, aber wir kennen die Begleitumstände dieser ... Krankheit. Es geschieht während oder kurz nach der Geburt, ist also durch Voruntersuchungen nicht feststellbar. Sehr selten. Fast schon mystisch. Erinnern Sie sich an die Welt der Spiegel hinter den Spiegeln. Oder an Narziss, der sich nicht erkannte und sich in sein eigenes Spiegelbild verliebte. Oder an die Frage: Wenn ich schlafe, schläft auch mein Spiegelbild?«

Die Eltern starrten ihn an, denn sie spürten seine Begeisterung für das Thema, die sie nicht teilen konnten.

»Aber kommen wir zum wichtigsten Punkt, denn philosophische Eingebungen sind vermutlich nicht das, was Sie hören wollen. Wer den anderen Menschen erfasst, sieht auch dessen Mimik. Die Mimik ist die Grundvoraussetzung, um Emotionen zu erkennen. Wer nicht in anderen Gesichtern lesen kann, wer nicht nachspürt, innerlich nachahmt, lernt nie, was Emotionen sind.«

»Er fühlt nichts?«, fragte Stefan.

»Oh doch, er fühlt etwas. Aber nicht das, was Sie und ich fühlen. Darf ich das erklären?«

Die Eltern nickten.

Wie zwei batteriebetriebene verängstigte Stofftiere.

»Schauen Sie ... wir alle kennen das. Wenn jemand weint, ist das sehr schnell ansteckend. Besonders Kinder weinen gerne mit, wenn jemand anderes weint. Seit ganz kurzer Zeit wissen wir, dass sogenannte Spiegelneuronen dafür zuständig sind. Wenn wir mitweinen, empfinden wir sogar das Schmerzempfinden des anderen Menschen.« Er griff zum Tisch.

»Sehen Sie diese Wasserflasche? Ich versuche, sie zu öffnen, sie klemmt ein bisschen, und endlich gelingt es mir, sie zu öffnen. Ich könnte im Belohnungsareal Ihres Gehirns das Erfolgserlebnis mitmessen. Sie freuen sich mit mir, ob Sie wollen oder nicht. Das schafft die Grundlage für ein gemeinsames Leben. Es ist wichtig, sich mitfreuen zu können, wenn etwas geglückt ist. Umgekehrt nützt es, wenn jemand scheitert. Das erspart uns unnützes Herumprobieren.« Er stellte die Flasche zurück.

»Unserem Sohn fehlt also Empathie?«, fragte Stefan. Dann ganz leise und erklärend nur zu seiner Frau: »Mitgefühl.«

»So kann man es sagen, Herr Strauss. Unsere Hirnzellen haben ein unbegreifliches Spezialtalent. Wir erkennen, wenn einem Mitmenschen kläglich zumute ist. Oder wenn er etwas will. Nehmen wir ein Baby. Es streckt sich nach seiner Rassel. Wir beobachten es, und wenn es die Rassel ergreift und strahlt, strahlen auch wir, das Gefühl scheint überzuspringen. So ist es auch mit Zorn, Trauer oder Ekel. Sogar komplexe Regungen, wie zum Beispiel Scham oder das Gefühl, einsam und ungeliebt zu sein, sind offenbar ansteckend. Wir wissen heute, dass es eine direkte, intuitive Kopplung zwischen Mensch und Mensch gibt, die ohne Nachdenken funktioniert. Übrigens am besten bei zwei Menschen, die sich lieben.« Er lächelte, als wolle er seine Aussage mit diesem Satz unterstreichen.

»Handeln und Wahrnehmen sind also keine getrennten Welten. Die Spiegelneuronen überbrücken die Grenze. Spiegeln bedeutet, Mitspüren, Miterleben, Mittun, die eigenen Körpererlebnisse und Erfahrungen benutzen. Der ganze Körper ist daran beteiligt. Er scheint mit dem Körper des anderen Menschen gewissermaßen mit. So entsteht diese mühelose Verbindung, die so vielem menschlichen Zusammenwirken zugrunde liegt.«

»Die Liebe«, echote Daniela. »Wir haben Oliver so viel davon gegeben.«

»Und das war gut und richtig so, Frau Strauss«, sagte der Therapeut.

»Ist das, was Sie sagen, sicher?«, hakte Stefan nach.

»Absolut, Herr Strauss. Man weiß, dass sogar Tiere so fühlen. Es gab ein dramatisches Experiment mit Rhesusaffen. Die Tiere konnten sich Futter besorgen, indem sie an einer Kette zogen, aber der benachbarte Affe bekam jedes Mal einen leichten Stromschlag. Die Tiere nahmen großen Hunger in Kauf, um sich das zu ersparen. Ein Affe rührte tatsächlich zwölf Tage lang die Kette nicht mehr an.«

»Affen ... aber Menschen?« Daniela wusste, wie sinnlos ihr Einwand war, aber ihr Herz schlug wie ein Hammer und sie fürchtete, unter der Wahrheit zusammenzubrechen.

»Oder erinnern Sie sich ans Gähnen. Das ist ansteckend, wir gähnen mit, wir spiegeln. Durch die Empathie flechten wir in unser Streben das Wohl und Wehe anderer mit hinein.«

»Und davon ist Oliver ausgenommen?«, fragte Stefan, der sich fühlte, als rase er auf einem Schnellboot über das Meer direkt auf eine haushohe Welle zu, ohne sich festhalten zu können.

»Es hätte sein können, dass Oliver zu jenen Menschen gehört, die ihre Empathie ein- und ausschalten können, wie man das bei Psychopathen beobachtet. Doch selbst das kann er nicht. Er besitzt schlicht und einfach kein Mitfühlen. Erleben und Erfahrungen sind das Maß aller Dinge. Sie sind der Schlüssel, mit dem wir in die Schatzkammer des Erlebens und der Kenntnisse anderer eintreten können. Ohne ihn haben wir nur die abstrakte Vorstellung, wir seien einsam in einer öden Welt.«

»Kann man ... kann man seinen ... Hirnschaden heilen?«, fragte Daniela.

David Normann schüttelte den Kopf. »Das ist nicht umzukehren, so leid es mir tut. Wir müssen nun überlegen, wie wir Ihrem Sohn helfen können.«

»Helfen?«, fragte Stefan. »Gibt es tatsächlich Hilfe?«

Der Therapeut lächelte empathisch. »Ja, die gibt es. Und daran müssen wir jetzt gemeinsam arbeiten.«

7

»Wir sind nur gut in der Liebe«, schluchzte Daniela und drückte ihr Gesicht ins Kissen. Dann hob sie den Kopf und stieß zornig hervor: »Wir haben nie gelernt, mit Problemen umzugehen. Wir sind gottverdammt schlechte Eltern. Wir haben unser Kind missbraucht. Mit unserer Liebe missbraucht. Genauso gut hätten wir eine Gummipuppe erziehen können.«

Stefan streichelte ihr beruhigend den Rücken, doch auch in seinem Kopf loderte es.

»Ich fühle mich so hilflos«, murmelte er. »Soll ich wirklich so werden wie mein Vater? Soll ich Oliver verprügeln? Ihn bestrafen, wodurch sowieso alles noch schlimmer wird?«

Daniela beruhigte sich. Sie drehte sich um und stützte sich auf den Ellenbogen. »Das wäre keine Lösung. Aber hin und wieder ...«

»Na? Sage es.«

»Hin und wieder habe ich das Gefühl, Oliver wird uns unglücklich machen. Wir wollten ihn so gerne, dass wir nicht objektiv sind.«

Stefan lachte. »Objektiv? Können Eltern jemals objektiv sein?«

»Vielleicht nicht, aber wir dürfen nicht übersehen, was er sich jetzt wieder geleistet hat. Ich halte das für ein Alarmzeichen.«

Stefan gab ihr im Stillen Recht.

Vor drei Tagen war Oliver elf geworden. Und vor einem Tag hatte er seinem Therapeuten ein Messer in den Bauch gerammt.

Sollten sie ruhig denken, es sei ein Versehen gewesen. Er, Oliver, wusste es besser.

Gott, wie er diese Therapiestunden verabscheute. Das dumme jämmerliche Gelaber von diesem Mann mit einem Bart, mit dem er wie eine Ziege aussah.

Seit einem Jahr tat Oliver sich zweimal in der Woche je eine Stunde an, in der ihm Bilder gezeigt wurden, die er bewerten sollte, manchmal schlimme, gar grausame Szenen. Und stets war Oliver versucht, den Mann auszulachen. Worauf wartete der Therapeut? Auf Tränen?

Da konnte er lange warten. Oliver Strauss weinte nicht. Und warum auch? Wegen der blöden Bilder? Allesamt langweilig. Genauso langweilig, wie die neunjährige Gwen ausgesehen hatte, nachdem der Bus ihre Knochen zermalmt hatte.

Oliver wusste schon längst, was mit ihm los war. Einmal, seine Eltern hatten beide zu viel getrunken, hatten sie zu laut gesprochen, vielleicht sogar gestritten, und er hatte alles gehört. Alles! Yep! Hirnschaden! Keine Empathie, was er sofort nachgeschlagen hatte. Eeempatiiii! Er sah sich nicht im Spiegel!

Aha!

Er war ein Zombie, ein Monster, ein Typ, der nachts durch die Straßen schlich und harmlose Bürger killte. Ja, so stellten sie ihn dar. Und damit er Mitgefühl lernte, schulte man ihn darin. Mit Bildern und Musik und Erzählungen.

Man erzog ihn zu einem Schauspieler, der seinen Mitmenschen Stimmungen vorspielen sollte, damit sie ihn mochten. Damit er dazu gehörte.

Schwachsinn und Zeitvergeudung!

Was wussten sie über seine Träume, über seine Wünsche, seine Ziele?

Niemand wusste, dass Oliver die Sache mit dem Pfahlmörder aufmerksam verfolgt hatte. Heimlich hatte er zwei Bücher über Serienmörder gelesen, ein Thema, das ihn faszinierte. Inzwischen kannte er den Unterschied zwischen einem Spontanmörder und einem BTK-Täter. Bind, torture, kill – fesseln, foltern, töten.

Vincent Padock hatte zur zweiten Kategorie gehört.

Warum ihn diese Menschen faszinierten, wusste er nicht, vielleicht nur deshalb, weil sie anders waren, so wie auch er anders war. Auch sie hatten kein Mitgefühl, von dem Oliver nur das abstraktes Bild hatte, wie es sein sollte, da er niemals wissen würde, wie es sich anfühlte.

Inzwischen hatte er gelernt, wann man lächelte, wann man welches Gesicht zog, um den Mitmenschen ein Gefühl von Normalität zu vermitteln. Dafür hatte David gesorgt.

Er wusste auch, dass seine Lust, Tiere zu töten, ein erster Indikator für eine entsprechende Formung war. Allerdings konnte er sich nicht vorstellen, einen Menschen zu töten. Das schien ihm zu weit hergeholt.

Er litt unter einer Antisozialen Persönlichkeitsstörung, hatte er gegoogelt.

Offiziell galt er als Soziopath, obwohl eine solche Krankheit in Deutschland erst ab dem 18. Lebensjahr diagnostiziert werden durfte.

Was wussten sie darüber, wie sehr er seine Mitschüler verabscheute und inzwischen manchmal seine Eltern, die schwach, so unglaublich schwach waren. Nicht immer, aber manchmal fühlte er so. Wie sonst konnten sie ihn noch immer behandeln, als sei er ein kleines Kind. Hätschel hier, tätschel dort! Sie wussten doch, dass er einen Hirnschaden hatte, also sollten sie ihn so behandeln, wie es sich geziemte, oder? Er war kein Kind mehr. Er hatte Dostojewski gelesen und versuchte sich jetzt an Tolstoi.

So hatte er heute wieder mit Herrn Normann gesprochen, der von Anfang an darauf bestanden hatte, dass Oliver ihn *David* nannte.

David, aha! Na gut, wenn er es so wollte ...

Und auch heute hatte David sein Bestes versucht, unermüdlich.

Schließlich reichte David Oliver ein Messer. Ein Essmesser, stumpf und rund, eines, auf dem man, wie Papa immer sagte, bis nach Arizona reiten konnte, hahaha!

»Würdest du mir etwas tun, wenn ich dich wütend mache?«, fragte David.

Oliver begriff nicht. Was sollte das Theater?

»Würdest du mich mit dem Messer, das ich dir gegeben habe, angreifen, wenn ich dich wütend mache?«

»Warum sollte ich wütend werden?«, fragte Oliver.

»Schließe für einen Augenblick deine Augen, Oliver.«

Er tat es.

»Und nun stelle dir etwas vor, das dich ärgert. So richtig ärgert. Vielleicht jemanden, den du nicht magst, auf den du zornig bist.«

Er tat es.

»Und nun? Wie fühlst du dich dabei?«

Blöde Frage. Zornig!

Und er stieß zu. Stieß David das Messer in die Leibesmitte, so fest er konnte. Er war hochgewachsen, schmal und für sein Alter stark. Und er legte alle Wucht in den Stoß. Er würde David mit dem Messer nicht wirklich verletzen können, aber er würde diesem Affen zeigen, was geschah, wenn man sich mit ihm anlegte. Und vielleicht wollte der Therapeut das sogar, schließlich wich er nicht aus. Warum nicht?

Im Gegenteil sackte David zusammen, hielt sich den Bauch, spuckte, würgte und übergab sich auf den hellen Holzboden. So kauerte er auf den Knien und war nicht mehr als ein kotzender Sack voller Müll.

Oliver hatte in den letzten Monaten genug gelernt, um zu tun, was von ihm verlangt wurde. Er tat so, als sei er untröstlich, stammelte, es täte ihm leid

(so eine verlogene Scheiße!)

und rüttelte David an der Schulter. Er drückte und versuchte, eine Träne aus seinem Auge zu quetschen, aber das gelang nicht. Dennoch legte er ein hörbares Zittern in seine Stimme. Als David aufblickte, kreideweiß im Gesicht, sah er nicht aus, wie David, sondern wie ein anderer David, wie ein panischer David, eher so, als sei ihm eine spitze Schnauze gewachsen wie einer Ratte, und er sagte flach und drängend: »Ist nicht schlimm. Ist alles gut, Olli.«

(Olli, liebe Güte!)

»Du zeigst, was du gelernt hast. Das machst du sehr gut.«

Vielleicht sollte er ihm das Messer auch noch in den Hals rammen. Vielleicht wäre David dann von Olli ganz besonders begeistert, nicht wahr?

Die Stunde war vorbei.

David schickte Oliver zum Bus, mit dem er nach Hause fuhr.

Als er ankam, hatte Mama den Anruf schon erhalten.

»Herr Normann sagt, er hat eine Prellung, sonst nichts. Er tut so, als sei das alles nicht weiter schlimm, sagt, es sei sein Fehler gewesen. Und warum ruft er mich dann an und bringt mich in Verlegenheit? Warum klingt seine Stimme, als würde er Oliver am liebsten den Hals umdrehen?« Daniela hatte sich wieder beruhigt und lag jetzt auf dem Rücken. Sie starrte an die Decke.

Nebenan schlief Oliver, es war kurz vor Mitternacht.

»Wir müssen einen ganz neuen Weg gehen«, sagte Stefan.

Sie sah ihn an.

»Er wird sich nicht ändern. Die Therapiestunden können wir uns sparen. Wir sollten endlich begreifen, wer unser Sohn ist. Er kann nichts dafür. Er ist so, weil er so sein muss. Und wir sind seine Eltern. Wir lieben ihn und haben bei seiner Geburt geschworen, ihn stets zu beschützen. Also gewinnen wir sein Vertrauen, nehmen ihn ernst.«

Daniela seufzte.

»Wir behandeln ihn so, wie er es braucht und schließlich werden wir entdecken, was in seiner Seele, in seinem Verstand los ist. Vielleicht können wir nur auf diesem Weg Schlimmeres verhindern.«

»Schlimmeres verhindern? Glaubst du ...«

»Machen wir uns nichts vor, Liebste. Er wird älter. Und er wird nie Mitgefühl empfinden. In dieser Hinsicht ist er tot, kalt wie Eis.«

»Er lebt in einer öden Welt, sagte Herr Normann..«

»Vielleicht haben wir noch nicht das für ihn gefunden, was ihm Freude macht. Möglicherweise sind wir zu ungeduldig. Wir müssen abwarten, hinhören, unsere gesunde Empathie auf ihn wirken lassen. Nur, wenn wir ahnen, vielleicht früher wissen was er will, können wir ihm seine Wünsche erfüllen. Und wenn sich irgendwann etwas herauskristallisiert, das ihn endlich glücklich macht, ein Ziel, das wir jetzt noch nicht kennen, wenn es soweit ist, dann werden wir für ihn da sein und ihn anleiten.«

»Wie willst du einen Menschen glücklich machen, der nicht glücklich sein kann? Einen Sohn, der dich zwar erkennt, aber dich vielleicht so sieht wie einen Hund oder wie eine Katze. Grau in Grau? Oder verzerrt? Oder als Märchengestalt?«

»Er hat völlig klare Wahrnehmungen. Er weiß, was er sieht, zumindest kann er es einordnen. Aber er sieht es mit seiner eigenen Wahrheit.«

»Wahrheit?«

Da war es wieder. Sie begriff es nicht. Geduldig wie eh und je, denn er liebte sie so, liebte sie so sehr, erklärte er:

»Jeder Mensch hat seine eigene Wahrheit. Jeder sieht nur mit seinen eigenen Augen, seinen eigenen Sinnen, die so unterschiedlich sind wie die Menschen. Es gibt sieben Milliarden Wahrheiten. Für viele mag ein Bild schön sein, für andere ist es hässlich. Wir erkennen, dass ein Tisch eckig ist, aber wenn dir die Maserung gefällt, mag ein anderer Mensch sie abstoßend finden. Alles, was wir um uns herum wahrnehmen, geschieht mit unserer eigenen Wahrheit. Es gibt Wissenschaftler, die der Meinung sind, ein Baum sehe nicht aus wie ein Baum und eine Blüte nicht wie eine Blüte. Alles nur pure Energie in einem wahllosen Zusammenhalt. Alles nur so, wie wir es wahrnehmen wollen, weil unsere Bilder darauf trainiert sind.«

Daniela nickte verstehend.

»Alle Bilder sind lediglich das Abbild unserer Wahrnehmung, eben so wie ein Hund in schwarzweiß und eine Katze bei Nacht sieht. Alles von dem, was uns umgibt ist variabel. Wir Menschen haben uns auf den geringsten Nenner geeinigt. Das gilt für Filmbilder, aber auch für Töne, für Musik, für Geschmäcker, für alles, was wir mit Sinnen wahrnehmen.«

»Also ist Oliver mit seiner Wahrheit nur einer von vielen?«

»Seine Wahrheit weicht extrem von der Norm ab, vom kleinsten Nenner. Das ist der einzige Unterschied.«

»Wenn du das sagst, klingt es so ... einfach, so ... harmlos.«

»Ich wollte, das wäre so banal. Ist es aber nicht, denn ihm fehlt etwas Grundlegendes. Auf seine Weise ist er ärmer dran als ein Psychopath, der zumindest seine Empathie bewusst nutzen kann. In dieser Hinsicht ist unser Sohn blind.«

»Dann ist er eine Maschine.«

Danielas Worte klangen so schlüssig, dass Stefan meinte, in den Magen getreten worden zu sein. Sie hatten den Unterton von Verlust, als sei Oliver gestorben. Als sei er nur noch eine Erinnerung.

»Das ist er nicht«, sagte Stefan, der sich nicht sicher war.

»Du belügst mich«, sagte Daniela. »Er ist kein menschliches Wesen. Ein menschliches Wesen kann weinen.«

Einfache Worte, eine erschreckend schlüssige Aussage.

»Daniela!« Stefan schnellte hoch. Er stützte sich auf die Hände, die Matratze gab nach, als würde er seine Frau lieben. »Du redest über deinen Sohn. Über unseren geliebten Sohn.«

»Ja, wir wollten ein Kind. Wir wollten ein Kind, das wir liebhaben können. Und wir haben Oliver geliebt. Wir haben ihn mit Liebe regelrecht überschüttet. Und was haben wir davon? Nichts haben wir davon.«

Stefan schnappte nach Luft. »Aber darum geht es doch gar nicht. Eltern lieben doch nicht, um etwas davon zu haben. Wenn man so liebt, ist das purer Egoismus. Wahre Liebe fordert keine Gegenleistung.«

»Papperlapapp, du Klugscheißer!«, schnappte Daniela und setzte sich auf. Er rollte zur Seite. »Ich will kein Kind, dass kein Mitgefühl hat. Jetzt weiß ich auch, warum er mich kaum jemals in den Arm nahm. Immer dachte ich, ich hätte was falsch gemacht. Warum er nie geweint hat. Warum er so brav war. Warum er nie sagte: Mama, ich liebe dich! Und stets dachte ich, ich sei eine schlechte Mutter. Verdammt, Stefan. Er hat mich benutzt. Er hat mich zu einem traurigen Menschen gemacht. Er hat mich zerstört!«

Und nun weinte sie erneut, vornüber auf das Kissen und Stefan war hilflos und traurig.

»Ja«, murmelte er. »Vielleicht sind wir nur gut in der Liebe. Du magst Recht haben. Aber ich werde das nicht zulassen. Ich werde um Oliver kämpfen. Mit dir oder ohne dich.«

Seine Stimme wurde intensiver. »Mein Vater hat mich im Stich gelassen, meine Mutter ebenfalls. Und wie war es bei dir? Deine Schwester bekam alles, was sie sich wünschte und dich behandelte man wie Aschenputtel. Wenn es Eltern gibt, die wissen, wie es ist, zurückgesetzt zu werden, sind wir das.«

Er schwieg und wartete, ob Daniela etwas sagte, doch sie schwieg. Sie kannte Stefans Geschichte und sie hatten oft genug deswegen getrauert.

Er sagte: »Jeder Mensch hat seinen Platz auf der Welt, Liebste. Niemand wird versehentlich geboren. Und jeder Platz sollte ausgefüllt werden. Ich will wissen und erleben, wo der Platz unseres Sohnes ist. Dafür will ich alles tun, auch wenn ich daran zerbreche.«

8

Es hatte vor vier Wochen begonnen.

Jens Martin, ein Schüler aus der sechsten Klasse, wartete nach dem Schulunterricht auf jüngere Schüler. Er hatte seine Freunde dabei, zwei klotzköpfige Russenjungen aus der Hauptschule, genauso alt wie Jens. Sie schienen Jens' Gymnasialintellekt zu schätzen, er ihre Muskeln und Rohheit.

Sie stellten sich vor die Kleinen und forderten sie auf, das Taschengeld rauszurücken. Und wehe, der Bestohlene machte den Mund auf und verriet Jens. Guck dir meine beiden Freunde an. Die kommen dann und brechen dir jeden verdammten Knochen, ist das klar?

Die Kleinen waren froh, nur ihr Geld abgeben zu müssen und ansonsten ungeschoren zu bleiben. Blaue Flecken schmerzten und diese Russen sahen nicht aus, als würden sie es dabei belassen.

Na gut, wenn der Schreibarm gebrochen wurde, brauchte man zumindest die nächsten Klassenarbeiten nicht mitzuschreiben, aber es würde schrecklich weh tun.

Nach einiger Zeit zückten die Kleinen schon automatisch ihre Geldbörsen, wenn Jens und seine Gospodins hinter einem Busch oder einer Garage her auftauchten wie böse Geister.

Auch Oliver hatte auf diese Weise sein Taschengeld verloren.

Und heute versuchten es die Mistkerle erneut.

»He, Blonder. Hatten wir dich nicht vor ein paar Tagen?«, fragte Jens, als begegne er Oliver nicht jeden Tag auf dem Schulhof.

»Ich habe nichts dabei«, sagte Oliver.

»Guckt ihn euch an«, gibbelte Jens und seine Freunde grunzten und lachten dumpf.

»Da hast du dir ja feine Freunde angeschafft«, sagte Oliver.

»Finde ich auch, Bürschchen. Auf die kann ich mich verlassen.«

»Hör auf zu quatschen«, sagte einer der beiden und ballte eine Faust. »Soll ich ihm die Zähne ausschlagen?«

»Langsam, langsam«, sagte Jens. »Nicht gleich so krass. Eins nach dem anderen. Unser Hübscher hat bestimmt ein volles Portemonnaie. Und das will ich jetzt sehen.«

Oliver blieb ruhig. Nicht schon wieder. Was sollte er Mama erzählen?

»Sag mal, weißt du, wie man seinen Eltern Geld klaut?«, fragte Jens. »Du schnappst dir für morgen fünfzig Euro und wir lassen dir deine Nase. Ansonsten machen wir sie platt und dann siehst du nicht mehr so hübsch aus, Schwuli.«

»Und was willst du dem Direktor erzählen, wenn das rauskommt?«

»Gar nichts. Denn du wirst schweigen, sonst wird es noch schlimmer.«

»Is' so«, bestätigte der zweite Haudrauf.

»Dann lasst mich jetzt gehen.«

»Hältst du uns für dämlich?«

Ja, halte ich, hätte Oliver am liebsten geantwortet. Er verachtete die Jungen und das, was sie taten.

»Rück die Kohle raus«, zischte Jens.

»Du siehst eindeutig zu viele schlechte Filme«, antwortete Oliver.

»Jetzt, oder ich lass meine Freunde mit dir spielen.«

Oliver versuchte, in den Gesichtern der Russen zu lesen, doch das gelang ihm nicht. Er zog seinen Geldbeutel aus der Hosentasche. Fünf Euro. Er gab sie Jens. »Mehr habe ich nicht.«

»Ist okay. Morgen sind es fünfzig, alles klar?«

»Ich verspreche dir, dass ich das Geld dabei habe. Und dann lasst ihr mich in Zukunft in Ruhe, wäre das ein Deal?«

Jens kratzte sich den Kopf. Seine Begleiter wurden unruhig.

»Einverstanden. Dann müssen es aber hundert sein.«

Am nächsten Tag stellte Oliver den Erpresser und Dieb in der Pause.

Erstaunt nahm er wahr, dass Jens zusammenzuckte. Seine Körpersprache wirkte hilflos. Er hatte vermutlich nicht erwartet, von Oliver offen angesprochen zu werden. Ohne seine Begleiter war er Nichts.

»Ich habe hundert Euro dabei«, sagte Oliver.

Jens knurrte: »Bist du bescheuert, mich hier anzuquatschen? Das machen wir nach der Schule.«

»Wirst du dich an die Abmachung halten?«

»Zieh Leine, Mann.«

»Du bekommst die hundert, aber nur, wenn wir uns alleine treffen. Ich warte nach der Schule an den Raucherbüschen.«

Jens' Mund schnappte auf und zu. Er wusste augenscheinlich nicht, wie er reagieren sollte.

Oliver versuchte, ihn zu beruhigen.

»Ich gebe dir das Geld und verschwinde. Du lässt deine Russen in der Hundehütte und wir sind quitt.«

»Du hast doch was vor.« Nein, blöd war Jens Martin nicht.

»Ich fürchte mich vor den Russen«, log Oliver und zog ein betrübtes Gesicht, jedenfalls das, was er dafür hielt.

»Würde ich auch an deiner Stelle.«

»Also?«

»Mann, jetzt hau ab. Wir treffen uns nach der Schule an den Büschen.«

»Einer wartet auf den anderen, einverstanden?«

»Beeile dich. Und vergiss nicht ... wenn du mich verpfeifst, wird es dir schlecht ergehen.«

»Warum sollte ich das?«, fragte Oliver kleinkaut. »Hundert Euro merken meine Eltern gar nicht und ich habe Ruhe vor dir.«

Jens grunzte und Oliver gesellte sich zu seinen Mitschülern, denn die nächste Schulstunde begann.

Oliver versteckte sich in den Toiletten und wartete, bis sich das Schulgelände geleert hatte. Der Bereich, in dem ältere Schüler verbotenerweise sonst rauchten, war um diese Zeit verwaist. Es war Freitag. Jeder Schüler wollte nur noch nach Hause. Er hoffte auf Jens' Geduld und tatsächlich wartete der Junge. Er saß auf einem rostigen Fahrradständer und paffte. Als Oliver zu ihm trat, fuhr er auf. Er sicherte nach allen Seiten, als fürchte er, dass die Kavallerie auftauchte, dann entspannte er sich.

»Mann, das hat aber gedauert.«

»Lohnt sich auch für dich«, sagte Oliver.

»Gib her und hau ab, Schwuli.«

Oliver stellte sich direkt neben Jens, Körper an Körper und öffnete seinen Rucksack. Der Fleischklopfer lag schwer und kühl in seiner Hand. Er zog ihn aus dem Rucksack, sanft und langsam, während Jens in die andere Richtung blickte und seine Kippe wegschnippte.

»Hast du's endlich?«, fragte Jens und drehte sich zu Oliver, der den Rucksack fallen ließ.

Bevor Jens ein weiteres Wort sagen konnte, schlug Oliver dem Jungen mit dem Klopfer mitten ins Gesicht. Er legte alle Kraft in den Schlag. Die Nase brach sofort, Blut schoss aus der Wunde, ein Zahn brach aus. Jens versuchte, etwas zu sagen, da traf ihn ein neuerlicher Schlag an die Stirn. Der Junge taumelte, versuchte sich festzuhalten, dann fiel er um wie ein gefällter Baum.

Oliver blickte zu ihm hinunter und sagte ruhig: »Wenn du mich noch einmal ansprichst, mache ich dich kalt, ist das klar?«

Jens heulte und schluchzte. Sein Gesicht war eine Lache aus Blut.

»Du glaubst wirklich, ich beklaue meine Eltern?«, murmelte Oliver. »Und wage nicht, mich zu verpfeifen. Wie gesagt ...«

Jens konnte nicht antworten, er wälzte sich auf den Bauch und hielt sich die Nase.

»Hast du es kapiert? Kein Wort über die Sache, klar?«

»Ja ... ja ...«, grummelte Jens.

»Ein schönes Wochenende«, sagte Oliver, steckte den Fleischklopfer zurück in den Rucksack und ging davon.

9

Will Prenker blickte zu der Frau auf. Sie war mittleren Alters und nur mäßig attraktiv. Doch ihre Augen leuchteten und ihre Lippen waren feucht. Sie sagte: »Bitte schreiben Sie, für Doris.«

Er nickte freundlich und schrieb: Für Doris, mit allerbesten Wünschen! Dann signierte er das Buch.

Die Augen der Dunkelheit, hieß es.

Der Titel war reißerisch, das Bild hingegen sachlich, denn es zeigte Will, das Kinn auf die Faust gestützt. Ein Typ, der wusste, was er tat und worüber er schrieb. Ein Fachbuch, das auch unter Romanlesern seine Freunde gefunden hatte und seit sieben Monaten in den Top 10 stand.

In diesem Buch hatte er über seine Ermittlungen berichtet, über die Gangsterjagd und über Vincent Padock, den Pfahlmörder. Auch über Eva, die Janine geworden war, und schlussendlich über Dr. Mark Rieger, den die internationalen Polizeibehörden noch immer suchten.

Er hatte Mark Rieger vor sich gehabt, ohne zu wissen, dass es sich bei ihm um einen gesuchten Serienmörder handelte. Rieger war geflohen. Wenig später hatte Will durch einen schmerzhaften Zufall erfahren, um wen es sich bei Rieger tatsächlich gehandelt hatte. Bis es dazu kam, war Rieger untergetaucht. Mark Rieger, Serienmörder und Killer seiner letzten Liebe. Mörder seiner Janine.

In *Die Augen der Dunkelheit* hatte Will deutlich gemacht, dass er Mark Rieger jagen würde, solange er lebte. Er hatte ansehen müssen, wie der Psychologe seiner geliebten Janine die Kehle durchschnitt, während er, ein kampferprobter Bulle, von Riegers Elektroschocker gelähmt war.

Die folgenden Probleme mit dem LKA verdrängte Will. Man hatte ihn nicht zurückgeholt, wie er erhofft hatte. Wegen eines geringen Vergehens hatte das LKA ihn einst gefeuert. Obwohl Will die wahre Identität des Serienmörders von Berlin beweisen konnte, wollte man ihn nicht wieder in die Arme des Kriminalamtes aufnehmen.

Persona non grata!

Einer, der zu viel wusste.

Dinge, die er aufschrieb und auf knapp 300 gedruckten Seiten verkaufte. So gut verkaufte, dass er nach der Jahresabrechnung ein vermögender Mann sein würde.

»Ist das okay so?«, fragte er und reichte der Dame mittleren Alters, die nur mäßig attraktiv war, sein, nein besser *ihr* Buch.

Sie nickte und ihre Augen waren feucht.

So waren sie, die Signierstunden. Die Lesungen in zweitklassigen Buchhandlungen oder winzigen Sälen waren lästig, doch die Ehrerbietung, die man ihm, dem Polizisten und genialen Schreiber zukommen ließ, waren schlicht und einfach geil.

Noch drei, vier, fünf Fans. Dann hatte er es hinter sich. Und sie alle bewunderten ihn.

Er signierte, hielt freundlichen Smalltalk und schließlich bat ihn der Inhaber des Buchladens auf einen Drink in eine angesagte Bar.

Will lehnte ab.

Alkohol trank er nicht mehr und alles andere würde ihn langweilen. Das passte nicht. Bar bedeutete Alkohol, Zigarillos, schöne Frauen, ein Schwips und die Leichtigkeit des Seins. Die war ihm abhanden gekommen, nachdem Janine vor seinen Augen verblutet war.

Mark Rieger!

Wo finde ich dich?

Der Verlag verlangte ein Folgebuch. So erging es jedem Bestsellerautor. Das erste Buch schrieb man aus Lust, das zweite aus Vertragsverpflichtung. Oder aus Geldgier!

Schließlich brachte ein Zweitwerk nach einem Bestseller Garantiesummen, die himmlisch waren und einen sparsamen Mann für den Rest seines Lebens sanierten. Die Verlage stemmten sich mit aller Macht gegen die verdammten E-Books, gegen jene Pest, die die Holzbücher vernichtete, und sie waren bereit, dafür zu zahlen. Gut so, dachte Will. Sollten sie zahlen. Er hatte noch viel zu berichten.

Optimal wäre, er fasste Mark Rieger und könnte schildern, wie er den Berliner Serienmörder schnappte.

300.000 verkaufte Bücher wären garantiert. Und dann die Taschenbücher, die Auslandsrechte und das Hörbuch.

Allerdings hatte er keine Ahnung, wo er suchen sollte. Rieger war nicht nur untergetaucht, er hatte sich regelrecht in Luft aufgelöst.

Und wohin nun?

Tatsächlich ins Hotel und Langeweile schieben? Fernsehen, sich einen runterholen und schlafen?

Er nickte. Ja, genau das. Aber vorher noch an einer Tanke vorbeifahren. Was zu trinken kaufen. Cola Light.

10

Daniela behielt ihre unbarmherzige Einstellung gegenüber Oliver nicht bei. Das konnte sie nicht, zu sehr liebte sie ihren hübschen blonden Sohn.

Die nächste Zeit war ereignislos, abgesehen davon, dass Daniela sich über eine Arbeitskollegin ärgerte, die mit dem Filialleiter schlief und sich deshalb über Gebühr aufplusterte.

Die Arbeit tat ihr gut.

Zwar waren die Samstagsmittagsschichten lästig und oftmals musste sie länger arbeiten, als es ihr Vertrag vorschrieb, doch das Arbeitsklima war entgegen den sehr kritischen Berichterstattungen über die Zustände bei Discountern angenehm. Bisher hatte sie keine Überwachungskameras entdeckt, auch die Vorgesetzten behandelten sie anständig.

Inzwischen war sie zur stellvertretenden Filialleiterin befördert worden. Nun arbeitete sie ganztags, was sie sich erlaubte, da Oliver immer selbständiger wurde und keinen Ärger verursachte. Stefan war damit einverstanden und brachte nach wie vor sehr viel Geld nach Hause.

Es war ein Samstag, als sie zum Bäcker fuhr, um der Familie ein schönes Frühstück zu bereiten und die BILD kaufte. Das liebte sie. Sie mochte Stefans verschlafenes Gesicht, wenn sie ihm einen frisch aufgebrühten Kaffee auf den Nachttisch stellte. Sogar wenn er fest schlief, begannen früher oder später seine Nasenflügel zu beben und er erwachte vom Kaffeegeruch. Das fand sie faszinierend und süß. Oh ja, sie liebte den Mann noch immer und so würde es immer sein.

Oliver deckte den Tisch und machte Rührei. Sein neuestes Interesse war die Küche.

So oft er konnte, schnappte er sich Töpfe und Pfannen und kochte Rezepte nach. Endlich fand sie ihn vor dem Fernseher, wo er Kochshows anschaute, die ihn begeisterten, allerdings nur die. Er war begabt, seine Menüs schmeckten wunderbar.

Darin ging er auf.

Und Daniela auch.

Denn ihre Ängste verließen sie. Sie arrangierte sich mit Oliver. Er war, wie er war. Seine schulischen Leistungen waren bestens, es gab keine Klagen. Er war folgsam und las nach wie vor sehr viel und hatte sich nichts mehr zuschulden kommen lassen.

Eines seiner Lieblingsbücher war *Die Augen der Dunkelheit* oder so. Jedenfalls irgendwas mit Dunkelheit. Das Buch eines Ex-Polizisten, der Serienmörder gejagt hatte. Darüber war sie nicht glücklich. Kein gutes Thema. Lieber hätte sie ihn am Computer gesehen, sogar Ballerspiele hätte sie ihm erlaubt, aber man konnte schließlich nicht alles haben, nicht wahr?

Obwohl sie wusste, dass sie ungebildet war, verabscheute sie die BILD und fragte sich stets, warum ein gebildeter Mann wie Stefan dieses Schmutzblatt so gerne las.

Weil es die vierte Macht ist, sagte er, und sie fragte sich, wer die anderen drei Mächte sein sollten.

Sie sei die Stimme des Volkes, sagte Stefan.

Das erschreckte sie. Wenn dieses Blatt die Stimme des Volkes war, sprach das Volk nur noch über Tod und Verderben.

Über Skandale und über Freundschaften, die heute groß waren und morgen in Feindschaft umschlugen, wie sie am Beispiel von Präsident Wulff begriffen hatte.

So also war das Volk?

So ... blöd?

Dann war es noch ungebildeter als sie selbst, die nie die Möglichkeit gehabt hatte, eine höhere Schule zu besuchen, da dafür die intellektuelle Schwester auserkoren worden war, die inzwischen ihren Doktortitel gemacht hatte und ihr so fremd war wie der Mond.

Daniela war die Arbeiterin der Familie, denn irgendwer musste schließlich auch so etwas tun. Sie war diejenige, die in der REWE-Gruppe ihre Lehre absolvierte. Kisten schleppen, Fleisch verkaufen, manchmal an der Kasse sitzen. Während Schwesterherz finanziell nicht nur unterstützt wurde, sondern von Papa und Mama gehätschelt Karriere machte.

So würde sie ihr eigenes Kind niemals behandeln. Sie würde ihm eine gute, gerechte Mutter sein. Das war ihr bisher gelungen und darauf war sie stolz.

Sie kehrte vom Bäcker zurück, eine Tüte Brötchen in der Hand und das Boulevardblatt.

Erfreut stellte sie fest, dass Oliver Eier gekocht hatte, selbstverständlich perfekte Eier. Nicht zu hart, nicht zu weich. Er tat es stets aus Gefühl, ohne Uhr und lag selten daneben.

Oliver liebte die Haptik von Fleisch, wusste sie. Er ertastete ein Steak mit der Fingerkuppe, wusste, wann es medium oder durch war. Er labte sich am Geruch von Gebratenem. Ein Vegetarier würde er niemals sein. Daniela war so glücklich, dass ihr Sohn zumindest in dieser Hinsicht so etwas wie Gefühl empfand, dass dies ihre anderen Bedenken überlagerte. Manchmal staunte sie, wie stark sein Gefühl zu Fleisch war, denn einmal hatte sie ihn dabei ertappt, wie er seine Wange an einen gigantischen 3-Kilo-Putenoberschenkel drückte und diesen mit geschlossenen Augen spürte.

Wieder so ein seltsamer Moment, in dem Daniela eine Gänsehaut bekam.

Das Bild des Jungen mit dem Fleischklotz am Gesicht hatte etwas Bedrohliches, eine Wirkung, der sie sich nur entzog, indem sie sich ihrer Hausarbeit widmete.

Werde ich verrückt? Bilde ich mir diese Dinge nur ein?

Und schließlich saßen sie gemeinsam am Tisch.

Alles ist völlig normal. Oliver ist so freundlich, wie es seine Krankheit zulässt. Wir sind eine fast perfekte Familie.

Stefan war geduscht und perfekt gekleidet. Nie hatte er im Unterhemd oder in einer Freizeithose hier gesessen. Eine braune Stoffhose

(Eine Jeans? Undenkbar!)

und ein gestreiftes gebügeltes Hemd.

Das, hatte er sofort nach Olivers Geburt betont, sei seine Art, dem Kind Disziplin und Stil zu vermitteln. Ein Mann musste nicht rumlaufen wie ein Lackaffe mit Schlabberhosen, auf denen möglicherweise sogar Pissflecken waren, und einem verschwitzten T-Shirt. Außerdem legte er Wert darauf, dass seine Haare, die nicht mehr dicht waren, gewaschen und geföhnt und schließlich mit Haarspray in Form gebracht waren. Unrasiert zu Tisch zu kommen war undenkbar.

Er war kein schöner Mann, war er nie gewesen. Sein Kopf war zu rund, seine Haare zu licht und seine Geheimratsecken verbrannten regelmäßig in der Sonne, wenn sie in Urlaub waren. Seine Augen standen zu dicht beieinander, seine Nase war flach, sein Mund fast schon hedonistisch und unpassend. Doch wenn er lachte, wenn er schmunzelte, zogen sich die tausend Fältchen in seinen Augenwinkel zusammen und sein Gesicht bekam eine völlig andere Anmutung. Das war sein Erfolg, wenn er Menschen Geldanlagen verkaufte. Sein Lächeln – und seine Stimme. Sonor, überhaupt nicht zur schlanken, fast zarten Gestalt passend. Zudem war er kleiner als Daniela, die von sich behaupten konnte, noch immer sexy zu sein.

Was sie an diesem Mann finde, hatten damalige Freundinnen gefragt.

Frech hatte sie gesagt: »Kleine Männer haben große Schwengel!«

Später hatte sie seinen Charme betont und immer hatte sie das Gefühl gehabt, dass sie genau, exakt zueinander passten. Ja, sie liebten sich und hoffentlich würde das niemals enden.

Oliver servierte die Eier. »Müsst ihr mal mit Maggi versuchen. Schmeckt super!«

»Maggi?«, fragte Stefan und legte die Zeitung weg.

»Na ja ...« Oliver blickte schuldbewusst. »Nicht Maggi. Das Zeug ist voller Glutamat, aber ich hab was gefunden, das fast genauso schmeckt und auf Soja basiert.«

So war er geworden, ihr Oliver. Ein Koch aus Leidenschaft. Und das mit zwölf.

Erneut schüttelte Stefan seine Zeitung auf, ohne gestört zu werden. So war das eben. Papa las die Zeitung. Daniela wusste, dass dieses Verhalten alles andere als zeitgemäß war. Ein Mann, der beim Frühstück die Zeitung las, also wirklich ...

Ich liebe das, auch wenn andere Frauen mich dafür auslachen würden!

Das verlieh ihrem Stefan das Gefühl von Zufriedenheit, von Geborgenheit und sie wusste, dass er sich mit tausendundeiner Streicheleinheit bei ihr für dieses gesellschaftliche No-Go bedanken würde. Sie hatten ihre ganz eigene Art der Beziehung und einen ganz eigenen Sohn.

Wir sind unverwechselbar.

Unvermittelt ließ Stefan die Zeitung sinken. Er musterte Oliver.

»Was ist los?«, fragte der Junge und köpfte sein Ei, das er schließlich mit Möchtegern-Maggi beträufelte.

»Kennst du einen Jens Martin?«

»Blöder Name. Wie eine Comicfigur«, sagte Oliver und löffelte das Ei.

»Kennst du ihn?«

»Ein Schulkamerad. Warum?«

»Im Lokalteil steht, er wurde zusammengeschlagen«, sagte Stefan tonlos. »Man fand ihn hinter dem Schulgebäude. Er blutete. Seine Nase ist gebrochen und zwei Zähne ausgeschlagen. Einer musste gezogen werden. Das ist gestern geschehen, nachdem die Schule aus war und alle nach Hause gingen, steht hier.«

»Jens Martin?« Oliver köpfte das zweite Ei. So machte er es immer. Zuerst zwei Eier, dann ein Brötchen, manchmal auch zwei.

»Verdammt, hast du nicht zugehört?«, schnappte Stefan und ließ das Blatt sinken.

»Mein Gott, das ist ja schrecklich«, seufzte Daniela.

Oliver sah sie an. »Warum ist das schrecklich?«

»He, Bursche. Weil er jetzt im Krankenhaus ist. Also lustig finde ich das nicht. Wenn so etwas an eurer Schule geschieht, ist kein Schüler sicher. Vielleicht sollten wir mal den Elternbeirat zusammenrufen. Weißt du was von der Sache?«

»Jeder Schüler ist sicher. Jeder, der sich anständig verhält«, gab Oliver knapp zurück.

Es duftete nach Kaffee, nach frischen Brötchen und vor Oliver dampfte eine frische Schokolade.

»Hatte dieser Jens Soundso Feinde?«, fragte Stefan.

Oliver hatte das zweite Ei geleert und legte den Löffel weg. »Na klar hatte er die. Er hat seine Mitschüler beklaut!«

»Er hat ... was?«, entfuhr es Stefan.

»Geklaut, Papa.«

»Aber das ...«

Olivers Stimme hob sich. »Ich begreife das nicht. Ihr tut immer so erstaunt. Glaubt ihr, ich weiß nicht, wie es um mich steht? Meint ihr, ich weiß nix von meinem Hirnschaden? Wisst ihr überhaupt, dass seitdem Spiegel für mich Oberscheiße sind? Dass ich immer versuche was zu sehen, was ich nicht sehen kann?«

Stefan öffnete den Mund.

Schlagartig war die gute Stimmung verschwunden, wie Luft, die aus einem Luftballon entwich.

»Wie kommst du jetzt darauf?«, entfuhr es Daniela.

Oliver überhörte ihren Einwand. »Ich bin kein Kind mehr, Papa, Mama. Und ich weiß, dass ich anders bin. Ihr alle denkt, dass nur ihr alles wisst und ich bin wie ein kleiner Hund, der hinterher läuft, oder? Aber so ist das nicht. Ich weiß alles! Schon lange weiß ich es. Und ich bemühe mich seitdem sehr, alles so zu tun, damit ihr mit mir zufrieden seid.«,

Oliver zog ein Gesicht. »Ich weiß, dass ihr mich lieb habt und wahrscheinlich seid ihr die besten Eltern auf der ganzen Welt. Ich weiß auch, wie enttäuscht ihr seid. Mama, glaubst du wirklich, ich höre dich nicht, wenn ich nebenan schlafe? Ich höre alles, alles. Vielleicht ist es so, dass der liebe Gott mir ganz besonders große Ohren gegeben hat, weil ich ja nicht so fühlen kann wie andere. Also höre ich mehr. Und ich höre auch, wenn du über mich sprichst und mich schlecht machst. Ich höre auch, wenn du mich einen Freak nennst.«

»Moment«, fuhr Stefan auf. »Das hat Mama nie gesagt!«

Oliver ließ sich nicht beirren. »Dann werde ich wütend und kriege Lust, das zu zeigen. David hat mir beigebracht, was ich dann tun soll, und ich tue es auch. Ich bin ein richtig guter Schauspieler geworden.«

Mit einer Bewegung nahm er den Eierbecher und warf ihn durch die Küche.

Stefan und Daniela zuckten zusammen, aber sie schwiegen.

Ihre Gesichter waren bleich, Oliver war aufgebracht. Seine Laune war schlagartig gekippt, er schien das, was er sagte, schon lange mit sich herumzutragen.

»Ich tue ja, was von mir verlangt wird, aber das klappt nicht immer. Und als der bescheuerte Jens mich bestohlen hat, und das hat er auch bei Mitschülern andauernd getan, hatte ich die Schnauze voll. Vor einer Woche kam er mit zwei Schülern der Hauptschule an, Russenärsche. Sie haben mir ein Messer unter den Hals gehalten und mein Taschengeld kassiert.«

»Warum hast du uns nichts gesagt?«, fragte Daniela.

»Lass ihn reden«, ging Stefan dazwischen.

»Drei Tage später, ich hatte noch fünf Euro, taten sie es wieder. Sie passten mich jedes Mal ab, wenn ich nach Hause ging.«

»Zwei Tage habe ich gewartet, dann erwischte ich Jens alleine. Er hat gelacht und mir gedroht. Ich hatte einen Fleischklopfer mitgenommen, den schweren aus der Mittelschublade. Hinten, bei den Büschen habe ich es gemacht, wo die Älteren immer rauchen und wir ganz alleine waren. Mitten rein in seine Fresse habe ich ihn geschlagen.«

»Ins Gesicht?«, stöhnte Daniela.

»Wohin denn sonst?«

»Du hättest ihm mit dem Teil den Schädel einschlagen können, ist dir das klar?«, sagte Stefan.

Oliver zuckte mit den Achseln. »Na und? Ein Gangster weniger auf der Welt. Und keine Sorge, er wird nicht reden, sonst mache ich ihn kalt.«

Seine Eltern schwiegen wie Mumien. Genau genommen sahen sie in Olivers Augen sogar so aus.

»Du machst ihn ... *kalt*?«

Stefans Augen wurden groß und rund. Das letzte Wort spuckte er regelrecht aus. Schweiß trat auf seine Stirn. »Vielleicht hat der Dieb eine ordentliche Abreibung verdient und lässt dich jetzt in Ruhe, aber ... töten?«

»Verdammt, er ist ein Verbrecher!«

»Und du bist der Richter?«, fuhr Stefan auf.

»Nein, bin ich nicht. Trotzdem glaube ich daran, dass man Läuse vernichten muss, sonst beißen sie und quälen einen.«

»TÖTEN?«, schrie Stefan. Wut auf seinem Gesicht. Adern an der Stirn.

Ich habe Stefan noch nie so wütend gesehen, nein, er ist nicht wütend, er hat Angst! Daniela schüttelte es.

Oliver blieb verhältnismäßig gelassen. »Jetzt seid ihr böse auf mich. Yep! Ist klar, Mann. Aber wie war das? Habt ihr nicht gesagt, ihr wollt alles für mich tun? Das hab ich nicht vergessen. Ich höre alles. Und jetzt? Soll ich jetzt ins Gefängnis?«

Daniela fasste sich zuerst.

Oliver saß am Tisch. Er sah so hübsch aus. So überlegen und intelligent. So hilflos. Und dort saß Stefan, der aussah, als habe er einen Igel verschluckt. Eine Ecke der Zeitung tunkte in seine Kaffeetasse. Der geborstene Eierbecher lag schräg hinter ihr.

Oliver senkte den Kopf. Tatsächlich wirkte er, als schäme er sich, doch dann blickte er auf und in seinem Gesicht stand keine Regung von Reue oder Schuld. Nichts anderes als Gewissheit.

»Weißt du eigentlich, was du uns antust?«, fragte Daniela. Ihre Lippen fühlten sich taub an, ihr Gesicht wie aus sprödem Leder.

»Ja, das weiß ich. Aber ihr habt gesagt, ihr liebt mich. Und ihr habt gesagt, ihr wollt mir immer helfen.« Ein starrer Blick, eine düstere Forderung.

»Du bist gewalttätig«, sagte Daniela, während sie gegen die aufkommende Übelkeit ankämpfte. »Du hättest genauso gut mit uns sprechen können. Dann hätte sich die Schule um den Jungen gekümmert. Dir scheint überhaupt nicht bewusst zu sein, was hätte geschehen können.«

»Doch, Mama. Hätte ich nicht aufgepasst, wäre er jetzt tot.«

»Du vergewaltigst mich, Oliver. So haben wir dich nicht erzogen.«

»Nein, Mama. Vergewaltigen ist was anderes. Das weiß ich. Dann steckt man was rein, wenn die Frau das nicht will.«

»Oliver!« Mehr konnte sie nicht herausbringen, denn sie bäumte sich auf, drehte sich weg und übergab sich auf den Küchenteppich aus Bast. Es kam armdick, ein fetter Strahl, dann war es ebenso schnell vorbei. Noch immer hatte Stefan sich nicht geregt. Es stank sauer. Die Stille summte.

Stefan faltete die Zeitung pedantisch zusammen. Die mit Kaffee getränkte Ecke knickte er ein. Dann legte er das Blatt neben seine Tasse.

»Ich werde das wegputzen, Liebste«, sagte er.

Daniela blickte ihn an. Sie wollte aufstehen, um die Nase zu putzen und die Augen zu trocknen, aber sie schaffte es nicht. Rotz tropfte ihr von den Lippen, wodurch sie einen jämmerlichen Anblick bot.

»Und danach werden wir einen Weg suchen, wie wir unseren Sohn schützen. Vermutlich wird ihn sowieso niemand verdächtigen. Oder hat dich jemand gesehen?«

Oliver schüttelte den Kopf. »Und reden wird Jens nicht, dafür hat er zu viel Angst, darauf wette ich.«

»ICH WEISS!«, brüllte Stefan unversehens. »Töten, töten, ja? Ist es das, was du willst, du verdammter Kerl?«

Oliver zuckte zusammen.

Stefan senkte die zitternde Stimme. Sie nahm einen dumpfen Ton an. »Dann wird also niemand annehmen, dass so eine Tat auf das Konto eines Kindes geht. Wir tun, was wir können, mein Sohn. Ich werde mein Versprechen halten.«

Er stand auf. »Ich werdc dich beschützen, Oliver.«

Der Junge strahlte ihn an. »Ja, Papa.«

»Und ich werde dafür sorgen, dass so etwas nie wieder geschieht.«

»Das wusste ich, Papa.«

»Aber ich mag es nicht, wenn Mama wegen dir krank wird.«

»Ja, Papa.«

Stefan zog mit einem Ruck den Gürtel aus seiner Hose. Es schnalzte, als er ihn in der Mitte faltete, die Schnalle in der Faust.

Daniela wollte etwas sagen, doch es schnürte ihre Kehle zusammen.

Stefan bot ein grausames Bild.

»Du bist schuld daran, dass wir uns versündigen, mein Junge. Ja, wir lieben dich, doch wir sind nicht deine Sklaven. Und damit du das begreifst, sollst du eine Lehre erhalten.«

Er riss Oliver mit einem Ruck von dessen Stuhl, trat ihn in den Rücken, worauf der Junge vornüber fiel, und schlug auf ihn ein.

Der Gürtel surrte und traf dorthin, wo er traf, ziellos, zornig wie eine schnappende Schlange.

Stefan verprügelte seinen Sohn.

Er verprügelte den Jungen, den er über alles liebte, schlug und schlug und wollte kein Ende finden, und es war ihm egal, denn dieses Kind hatte ihr, hatte sein Glück zerstört, hatte seine heile Welt in Stücke geschlagen, geschlagen, geschlagen.

Erst, als die Tränen seinen Blick so sehr trübten, dass er nicht mehr sah, wohin er schlug, ließ er ab und sank schluchzend in die Arme seiner Frau, während Oliver sich heulend auf dem Boden wälzte.

»Endlich«, keuchte Stefan. »Endlich zeigt er eine menschliche Regung. Endlich weint er.«

Denn das tat Oliver. Das erste Mal, seitdem er ein Kleinkind gewesen war.

11

Jens Martin hielt den Mund. Die Sache wurde bagatellisiert und verschwand bald aus der Presse. In der Schule wurde kaum darüber gesprochen. Jens blieb zuhause und kurierte sich aus.

Stefan und Daniela kamen in dieser Zeit kaum dazu, ruhig zu schlafen, sodass sich das Ergebnis ihrer Belastung bald zeigte. Beide machten ihre Arbeit, doch Stefan konnte seine Zielsetzungen nicht mehr erfüllen und Daniela unterliefen Fehler, die sie in Schwierigkeit brachten.

Es vergingen Wochen, die die Eltern quälten wie die Hitze eines Backofens.

Man kündigte ihr, was sie akzeptierte, denn ihr Beruf überforderte sie.

Auch Stefan blieb immer öfter zuhause.

Ihre finanzielle Basis war noch stabil. Das Haus gehörte ihnen und sie hatten weitere 70.000 Euro angespart.

So tat man das, denn schließlich konnten Kosten auf einen zukommen, die man vorher übersehen hatte.

Und Oliver?

Er schrieb beste Zensuren, seine Lehrer waren begeistert.

Zuhause las er und kochte in jeder freien Minute.

Sie waren die perfekte Familie, doch zwischen ihnen stand nach wie vor die Gewalttat und Olivers Worte.

TÖTEN!

Schließlich wurde es Stefan zu viel und er sprach mit seinem Sohn. Ihm war inzwischen deutlich geworden, dass er es mitnichten mit einem Halbwüchsigen zu tun hatte, also forderte er ihn wie einen Erwachsenen.

»Was sollen wir tun, Oliver?«

Sein Sohn sah ihn aus großen blauen Augen an.

»So geht das nicht weiter. Mama und ich leiden.«

»Ihr seid so ehrlich, Papa. Könnte ich weinen, würde ich es tun.«

»Dann tu es, verdammt noch mal.«

Oliver verzog das Gesicht. »Ich kann nicht, Papa.«

»Dann sag mir, was dich beschäftigt, Oliver. Ich möchte wissen, was in dir vorgeht.«

»Nein, Papa, das willst du nicht.«

»Hör auf, mir so einen Mist zu erzählen.«

»Nee, ich weiß, dass du das nicht willst.«

»Versuche es.«

»Und du schickst mich nicht weg? In ein Kinderheim oder so?«

»Nein.«

»Ich denke ...« Oliver schüttelte sich, als suche er nach Worten, doch so war es nicht. Er suchte nach der Barriere, die ihn frei gab. Und als er sie fand, strömte es aus ihm hervor. »Ich möchte töten, Papa.«

Stefan, der sich geschworen hatte, ruhig und überlegt zu bleiben, der heute die Wahrheit wissen wollte, nickte, als habe er den Wetterbericht vernommen. »Das sagtest du.«

»Ich möchte Fleisch zerschneiden, wie ich das in der Küche tue.«

»Aha.«

»Und daran denke ich so oft. Nicht, wenn ich bei euch bin, dann nicht, aber manchmal schon. Weißt du, Papa, die sind alle so doof. Die gucken den ganzen Tag nur Murks im Fernsehen und haben ihre Handys. Mit keinem von denen kannst du über Philosophie reden.«

»Kinder in deinem Alter reden nicht über so etwas. Philosophie? Liebe Güte, Sohn ...«, stieß Stefan aus.

»Das meine ich, Papa. Siehst du?« Oliver wirkte wie ein ganz normales begeistertes Kind, das seine Ideen umzusetzen versuchte.

»Sie sind doof. Sie sind andauernd mit Sachen zugange, die ich verabscheue. Klar, in der Schule mach ich mit und ich bin auch zu jedem freundlich, denn das habe ich bei David gelernt. Wie man lächelt. Wie man sich entschuldigt. Wie man so tut, als ob. Aber wenn ich alleine bin, möchte ich ihnen allen am liebsten ein Messers in den Bauch hauen, verstehst du? Sie laufen rum, aber sie sind das nicht wert.«

Stefan hielt den Mund. Was er hörte, begriff er, doch aus dem Mund seines Sohnes klang es abwegig.

»Sie werden ihr ganzes Leben lang nur Unterschicht sein, auch wenn sie Abi haben. Die Frauen kriegen Kinder, manche vielleicht später, aber alles, was sie studiert haben, ist verloren, weil sie nur noch Mamas sind. Warum sollen Frauen überhaupt aufs Gymnasium? Warum sollen sie studieren? Sie nehmen den Männern die Plätze weg, dann kriegen sie Kinder und bleiben zuhause. Das ist nicht fair. Und die Jungen in meiner Klasse sind so was von blöde, sag ich dir. Sie haben nur im Kopf, wie sie den nächstens Highscore erringen können. Computerspiele und so, andauernd. Und Porno. Ich hasse Porno!«

In seinem Kopf summte es. Er meinte, sogar der Geruch in der Wohnung ändere sich.

Diese Ansichten, diese entsetzlichen Ansichten ... woher hatte Oliver die?

»Ich möchte so sein, wie ihr seid, Papa.«

Stefan schluchzte und trocken. »Wie sind wir denn?«

»Korrekt! Papa! Du bist korrekt. Mama ist korrekt! Ihr macht keine Dummheiten, macht keinen Porno, macht keine Handysachen, keine Computersachen. Ihr seid perfekt. Und deshalb liebe ich euch.«

Der letzte Satz schwang zwischen Vater und Sohn wie ein Pendel.

Und deshalb liebe ich euch!

Noch nie hatte Oliver so etwas gesagt. Noch nie hatte er seinen Eltern seine Liebe gestanden. Er konnte es nicht. Was er tat, war eine geplante Aktion, war eine Strategie, die er in der Therapie gelernt hatte. Er konnte es nicht so meinen!

Stefan überschwemmte dieser Satz und er hielt an sich, um nicht zu weinen. Nein, das durfte er nicht tun. Er musste Vater bleiben, so wie er es gewesen war, als er Oliver das erste Mal verprügelt hatte. Er war die Autorität, so schwer es fiel.

Ich falle auf ihn herein. Er manipuliert mich. Er ist eine Maschine!

»Und wie geht es jetzt weiter?«, fragte Stefan. »Du hast so viele düstere Gedanken, wie sollen wir damit umgehen?«

»Bleibt bei mir, bitte«, sagte Oliver.

Und dieser Satz klang ehrlich, völlig wahrhaftig. »Schickt mich nicht weg. Nicht in die Klapse oder ein Kinderheim.«

Bleibt bei mir!

»Was wirst du tun, wenn du wieder wütend wirst?«

Oliver zog die Brauen hoch. »Was denkst du, Papa?«

»Beim nächsten Mal töten?«

Oliver sagte nichts.

»Das können wir nicht zulassen. Du darfst weder jemanden verletzen, noch jemanden umbringen. Das ist schlimm und böse.«

»Sie sind Läuse, Papa«, gab Oliver zurück. »Begreifst du das nicht? Sie sind Läuse!«

Stefan wusste nicht mehr aus noch ein. Was sollte er seinem Sohn erklären, das nicht in unzähligen Therapiestunden erklärt worden war? Er richtete sich auf, versuchte klar und überlegen zu wirken und sagte: »Okay, wenn du das nächste Mal töten willst, sage es mir. Vielleicht kann ich dir dabei helfen.«

Stefan hätte sich für diesen Satz ohrfeigen können. Er war aus der Hilflosigkeit geboren. Oliver gehörte in die Psychiatrie, in eine geschlossene Abteilung. Er würde zu einer Gefahr für seine Umwelt werden. Durfte er das zulassen, durfte er seinen eigenen Sohn und somit sich und Daniela ins Unglück laufen lassen? Hatte er Toleranz und Liebe überstrapaziert?

WAS SOLL ICH TUN?

Oliver strahlte wie ein Kind zu Weihnachten.

»Ja, Papa. Du und ich gemeinsam. Dann wird alles gut.«

Stefan fragte: »Eine letzte Frage noch. Was siehst du, wenn du mich anblickst?«

Das Gesicht des Jungen wurde ernsthaft. Er gab sich Mühe.

»Einen ängstlichen Mann.«

12

Sportunterricht war nie ein Zuckerschlecken gewesen, weder für Oliver noch für frühere Generationen. Er hatte genug Bücher gelesen, um das zu wissen. Und er war erstaunt, dass man auch ihn und seine Klassenkameraden bestimmten Manövern unterzog, die ihm komplett sinnlos erschienen. Altmodischer Kram. Manöver, bei denen er sich blamierte, denn er war nicht sportlich. Nicht so wie seine Mitschüler, die den Mädchen imponieren wollten.

Über den Bock!

Über die Latte!

Hochspringen und abschnellen!

Das alles war völliger Blödsinn und brachte einen nicht weiter. Doch am schlimmsten waren die Jungen und Mädchen aus seiner Klasse, die so taten, als hätten sie Spaß daran. Am allerschlimmsten war Lars Friedrich.

Lars war jener Junge, den es in jeder Schulklasse gab. Der Mädchentyp. Der, der alle haben konnte und doch nichts wollte, weil er oberflächlich war, ungebildet und blöde.

Er war ein Typ, den die Mädchen anhimmelten.

Lars war eine nackte Schnecke, die sich reckte, um die Sonne zu erreichen, welche ihm von hübschen Mädchen gereicht wurde wie in einem Kelch voller Licht.

Oliver verspürte tiefe Abscheu gegenüber Lars, denn der Schönling frotzelte, schimpfte und tat alles, damit Oliver als hagerer unsportlicher Kerl auffiel, einer, der es nicht packte. Einer, den man als letzten in die Mannschaft wählte. Zwar hochgewachsen und schlank, aber irgendwie nicht geheuer, zu still, zu zurückgezogen.

Und Oliver beschloss, Lars zu töten.

Sein Wunsch kam ihm absolut schlüssig vor.

Er wurde von Lars erniedrigt, er wollte sich wehren, also tat er das, was in seinem Naturell verankert war. Er fragte sich, wie er Lars vernichten sollte. Und Vernichtung bedeutete nicht, ihm mittels Intrigen zu schaden, sich ihm im Gespräch zu stellen – auch wenn David das befürwortet hätte -sondern ihn zu beseitigen. Eine Kreatur wie dieser Junge sollte nicht das glühende Licht der Liebe erleben und sich erheben. Eine Kreatur wie Lars war dazu bestimmt, zu sterben.

Alleine die Idee versetzte Oliver in Hochstimmung.

Er begriff, dass ein Mensch nur dann mit sich uneins war, solange er mit einer Entscheidung haderte. Hatte er sie getroffen, gab es nichts Schöneres, als durchzuatmen, diesen Wind zu spüren, der nur über ein Meer wehte, welches rein und klar war.

Da Oliver sich stets in Frage stellte, begriff er, dass seine Entscheidung eine philosophische Ansage war. Ich töte, um zu leben! Ich bestrafe, um der Welt Gerechtigkeit zu bieten! Ich bin kein Mörder, sondern ein Befreier! Ich befreie die Menschheit vom Übel. Was bleibt, ist die Reinheit des Geistes und das, was Papa und Mama als Liebe bezeichnen.

Lars war kein Junge, den ein Mädchen lieben sollte. Denn er würde die Mädchen beleidigen und betrügen. Er würde ihnen auflauern wie ein zorniger Stier und seine Hörner an Busen und Schenkeln reiben.

Ihn schauderte es bei dieser Vorstellung.

Oliver fragte sich, ob er Papa davon berichten sollte.

Würde Papa gemeinsam mit ihm töten? War seine Liebe groß genug?

Oliver war unschlüssig.

Vielleicht beim nächsten Mal.

Für jetzt beschloss er, es alleine zu tun.

Papa würde es verstehen.

Mama würde weinen. Sie beide liebten ihn und er liebte sie. Ja, das tat er. Er liebte sie. Auf seine Art.

Er war Mamas und Papas Tier und kroch zum Futternapf, weshalb er glaubte, sie zu lieben, doch es war keine Liebe, es war Futterdrang!

Sie gaben ihm dic Pfanne, den Kochtopf, sie gaben ihm die Umgebung, in der er sich erleben konnte, die schenkten ihm Aufmerksamkeit, doch Liebe? Was war das?

Es war nicht wichtig!

Wichtig war Lars!

Und als die Sportstunde beendet war, blieb Lars wie immer zurück und legte die Matten aufeinander. Er war ein Narr. Einer, der sich wichtig machte. Zu viel Computer, keine Bücher! Zu dämlich! So machte er sich beim Sportlehrer beliebt, um bessere Zensuren zu kriegen.

Oliver ging in die Umkleide und zog sich um. Er versteckte sich auf der Toilette und wartete, bis seine Mitschüler die Turnhalle verlassen hatten. Es war die letzte Schulstunde des Tages. Er streckte den Kopf aus der Toilette und lauschte. Außer Lars und ihm war niemand hier. Er griff in seine Sporttasche und nahm das Tranchiermesser heraus, das er aus der heimischen Küche entwendet hatte.

Er schlich sich zurück in die Turnhalle, wo Lars noch immer dabei war, Bälle zu sortieren und Matten aufeinander zu stapeln. Der Sportlehrer saß inzwischen vermutlich schon im Auto, um zu seiner Frau zu fahren. Er hatte ja einen Blödmann, der die Arbeit übernahm.

Und Oliver ging zu dem Blödmann, stellte sich hinter ihn und fragte: »Was tust du?«

»Kratz die Kurve, Knochen!«

Knochen wurde er genannt, weil er hager war.

Knochen, weil er nicht so sportlich war.

»Wollte es nur wissen«, antwortete Oliver.

Lars beugte sich vornüber, als wäre schon ein Blick auf Oliver zu viel. Das war perfekt. Oliver rammte ihm das schmale lange Messer in den Rücken und zog es blitzschnell wieder heraus. Lars zuckte, blieb ansonsten ganz still und fiel vornüber.

Im Reflex rollte er sich auf den Rücken und starrte Oliver mit großen Augen an.

Sein Mund öffnete und schloss sich, doch es kam kein Laut über seine Lippen, dafür ein Tropfen Blut.

Oliver setzte sich breitbeinig auf den liegenden Körper.

»Ich heiße nicht Knochen, sondern Oliver!«, flüsterte er. »Und ich hätte Lust, nachzuschauen, wie es in dir aussieht.«

Lars krächzte, spuckte Blut und verdrehte die Augen.

Oliver führte das Messer über Lars' Kehle. Es war erstaunlich. Die Haut brach auf wie warme Butter, ein Zeichen für die gute Qualität der Schneide. Oliver wiederholte den Schnitt und Blut pulste aus dem zweiten, schreiend roten Mund von Lars, der nun zuckte und strampelte und etwas sagen wollte. Er gurgelte, der Blutstrom wurde stärker und Oliver sprang auf, um sich nicht zu beschmutzen. Lars grunzte, wackelte mit dem Oberkörper, das Shirt rutschte ihm über den Bauch, wurde rot, die Pfütze neben seinem Kopf vergrößerte sich. Die Lippen bebten, Verständnislosigkeit im Blick. Dann wurden seine Bewegungen ruhiger und er starb.

Es war so einfach gewesen.

Ein einfacher Schnitt über die Kehle und alle Kraft wich aus einem Menschen. Noch einfacher als bei Jens.

Oliver lauschte, ob jemand etwas gehört haben mochte, doch es war still. Er stand auf und sagte: »Schlaf gut.«

Dann ging er davon.

Als er die Tür der Turnhalle erreicht hatte, blickte er in die Augen eines Mädchens.

Er kannte sie. Er hatte sie schon öfter auf dem Schulhof gesehen. Sie war älter als er und hübsch. Er versuchte sich an ihren Namen zu erinnern, doch es gelang ihm nicht. Erst jetzt bemerkte er, dass Blut von seinem Messer tropfte, auf die Turnschuhe des Mädchens. Warum hatte er es nicht sauber gemacht?

Sie drehte sich um und lief davon.

Näherte sich der Tür zum Weg, der zum Schulhof führte.

Oliver atmete tief durch, fasste sich, dann folgte er ihr.

Sie begann zu schreien, nein, sie kreischte! Hell und aufdringlich.

»Halt die Klappe!«, brüllte Oliver ihr hinterher. Er musste sie erwischen, bevor sie das Gebäude verließ. Sie würde ihn verraten. Wie viel hatte sie gesehen? Oder reimte sie sich alles zusammen?

Unwichtig! Wenn er sie nicht stellte, war er verloren. Was auch immer sie in der Halle gesucht hatte, es war jetzt nicht von Interesse.

Zuerst musste er verhindern ...

Sie stieß die Glastür auf.

Oliver hechte voran, rammte seinen Körper gegen das Mädchen, welches etwa so groß war wie er, und sie stolperte rückwärts, die Glastür fiel wieder zu und sie stand mit dem Rücken zur Wand. In ihrem Gesicht herrschte blanke Furcht.

Oliver hatte keine Zeit, sich ihr zu erklären, keine Möglichkeit, sie zu verschonen. Das hatte er nicht gewollt, wirklich nicht.

Bevor er es registrierte, steckte das Messer in den Rippen des Mädchens. Sie tastete in die Luft und rutschte an der Wand zu Boden. Als Oliver die Waffe aus dem schmalen Körper zog, knirschte es an den Knochen. Säbelte, schabte. Ohne zu denken, tauchte er die meisterhaft geschliffene Klinge in den Hals des Mädchens, dorthin, wo sich vermutlich die Hauptschlagader befand.

Ein fingerdicker Blutstrahl schoss aus dem Hals und spritzte neben ihm an die gegenüberliegende Wand. Der Kopf des Mädchens ruckte hin und her. Das Blut verteilte sich überall hin. Oliver duckte sich unter dem Blutstrom weg und stieß ein drittes Mal zu. Nun von unten nach oben, dorthin, wo das Herz war. Der Muskel explodierte unter dem Stahl, das Mädchen zuckte wie elektrisiert und war auf der Stelle tot, während das Blut jetzt nicht nur die Wände, sondern auch die Glastür verschmutzte. Es war eine abscheuliche Sauerei.

Oliver rannte wie ein Blitz in den Umkleideraum und reinigte das Messer über dem Waschbecken.

Er verstaute es in seiner Sporttasche und tapste auf spitzen Füßen über die Blutlachen, stieß mit den Sohlen die Glastür auf und verschwand in den Büschen.

13

Justizvollzugsanstalt Berlin Moabit, Ebene 3, Raum 214.

Zwei Männer, gegenüber an einem Tisch. Neonbeleuchtung, eine Stahltür, eine Gittertür, keine Fenster.

»Jetzt werden schon Kinder getötet«, sagte Uwe Caffé.

»Irgendein Perverser, der seinen Spaß daran hat, Halbwüchsige in der Turnhalle abzustechen.«

»Ein interessanter Satz zur Begrüßung«, sagte Will.

»Sie sind also hier, um für Ihr nächstes Buch zu recherchieren? Und da kommt Ihnen ein lebenslang verurteilter Mörder gerade recht?«

Will musterte den Verbrecher.

»Ich bin hier, weil Mark Rieger sich sehr oft mit Ihnen unterhalten hat. Er tötete meine Freundin. Er nahm mir meine Liebe.«

»Sehr romantisch, Herr Prenker. Mir kommen gleich die Tränen. Ich frage mich, wie Sie die Genehmigung für unser Gespräch erhalten haben. Ist es, weil sie ein Bestsellerautor sind? Öffnen sich dann alle Türen? Oder ist es, weil Sie derjenige waren, der wusste, wer der Serienmörder von Berlin ist?«

»Bewundern Sie Dr. Rieger?«

»Er bewies Rückgrat.«

»Er tötete, weil man ihn damit erpresste, seine Familie zu töten, wenn er nicht folgte.«

»Daran sehen Sie, Herr Prenker, wie schnell ein unbescholtener Mann zum Mörder werden kann. Aber das ist nicht der Grund, warum Sie hier sind.«

»Hat Rieger etwas verlauten lassen, das darauf schließen lässt, wo er sich jetzt aufhält?«

»Glauben Sie wirklich, ich würde es Ihnen sagen?«

»Sie wissen, wie das mit der Hoffnung ist.«

»Nicht sie stirbt zuletzt, sondern die Idee davon, etwas richtig oder falsch gemacht zu haben.«

»Bitte helfen Sie mir, Herr Caffé. Ich habe diese Frau geliebt und sie starb vor meinen Augen. So etwas ist grausig. Das vergisst man nie. Ich bin sicher, auch Sie haben genug Mitgefühl, um mich zu begreifen. Bitte ...«

»Sie betteln, Polizist.«

Caffé lächelte milde.

»Ja, sie haben wirklich geliebt, sonst würden Sie sich nicht so erniedrigen. Und doch frage ich mich, warum Sie auf Antworten bestehen und das, was ich zur Begrüßung sagte überhören.«

»Ich verstehe nicht.«

»Nein, das tun Sie nicht. Wir sprachen über zwei Halbwüchsige, die brutal abgestochen wurden. In einer Schule! Warum interessiert Sie das nicht? Stattdessen hetzen Sie einem Phantom hinterher. Aus Rache? Die Rache ist ein Erbteil schwacher Seelen. Sind Sie eine schwache Seele?«

»Ich erforsche die Wahrheit.«

»Dann suchen Sie den Himmel, denn dem gleicht die Wahrheit, und betrachten die Wolken, denn das ist Ihre Meinung.«

»Ich weiß nicht ...«

»Betrachten Sie die Wolken. Sie kommen und gehen, Mann. Auch Sie sind einer der Lächerlichen. Ihre Liebste wird nicht mehr lebendig, egal was Sie tun. Aber vielleicht wird der Mörder der Kinder gefasst, wenn Sie sich bemühen. Aber nein, Sie suchen nach dem großen Ereignis, denn Sie denken an Ihr nächstes Buch, nicht wahr? Sie, Herr Prenker, sind korrumpiert. Sie sind kein Polizist mehr. Lassen Sie Rieger seinen Frieden, falls er ihn hat. Er musste Entsetzliches durchleben. Er war ein Getriebener. Ja, er war ein Mörder, doch er tat es, weil es keine Alternative gab. Also suchen Sie dort, wo Sie beweisen können, dass noch ein Stück Polizistenehre in Ihnen steckt. Ich verabscheue euch Schriftsteller. Polizeipsychologen. Psychiater, die ihr alle über Mörder schreibt und Geld damit verdient. Ihr geilt euch an euren Erinnerungen auf.«

Will kniff die Augen zusammen. Er riss sich zusammen und schwieg.

»Wenn ihr so fähig seid, wie ihr in den Büchern schreibt, sodass euch hunderttausend Menschen lieben, warum beweist ihr es nicht und führt wirklich schlimme Mörder vor Gericht? Prenker, Sie langweilen mich. Verdammt, die einzigen Gespräche von Belang hatte ich mit Rieger. Er war ein Mann, den ich mochte. Er war einer, den ich als Freund hätte haben wollen.«

Will nickte stumm und wollte soeben aufstehen, als der Mörder sagte: »Laufen Sie nicht weg, wenn es anstrengend wird, Prenker. Denken Sie nach. Solange es Serienmörder gibt, und da könnte ich so viele aufzählen, hat keiner von denen, absolut keiner, ein Kind getötet. Recherchieren Sie. Keiner tötete Kinder! Dann gibt es noch die Mörder, die sich an Kindern vergreifen. Sexualtäter. Sie verschleppen das Opfer, misshandeln es und schließlich wird das Kind getötet. Alles das, mein Lieber, geschah nicht mit den Kindern, die in der Turnhalle abgestochen wurden. Was sagt Ihnen das?«

Prenker starrte Caffé an. Wortlos. Er befand sich in einem Universum, das er nicht gesucht hatte.

»Verdammt, was sagt Ihnen das, Polizist?« Caffé wirkte aufgebracht. »Kinder sind tabu. Kinder sind und dürfen keine Opfer sein. Aber ein Sexualdelikt ist nicht anzunehmen.«

Prenkers Lippen zitterten. »Dann war es ein Kind, ein Mitschüler vielleicht?«

Caffé lächelte zufrieden. »Alles andere ist unschlüssig und widerstrebt jeder Vernunft.«

»Deshalb bin ich aber nicht hier.«

»Vergessen Sie Rieger. Finden Sie den Kindermörder. Sie werden erneut einen Bestseller landen. Sie werden viel Geld verdienen. Und kommen Sie mir nicht mehr mit Liebe und solchen Dingen. Auch wenn Sie außer Dienst sind. Werden Sie endlich wieder ein Bulle.«

14

»Nein«, stammelte Stefan. »Das stimmt nicht. Du willst uns nur erschrecken, sag's doch ...«

»Doch, Papa, ich war's.«

»Und das ... und das spuckst du mir einfach so ins Gesicht?«

»Du hast gesagt ...«

»Verdammte Scheiße! Gesagt? Ich habe gesagt?« Stefan sprang auf, rannte durch die Küche und schlug mit den Handflächen auf die Arbeitsplatte. »Was habe ich gesagt?«

Daniela kam zurück in die Küche. Sie hatte die letzten Worte gehört und das Tablett mit dem selbstgebackenen Pflaumenkuchen, den sie soeben ins Wohnzimmer bringen wollte, fiel auf den Boden, wo es zerschellte. Der Kuchen sprang in tausend Teile und Krümel verschmutzten die Fliesen. Ihre Arme hingen tot an ihr hinab, während sie stammelte: »Du hast deine Mitschüler ...?« Sie schnappte nach Luft und brachte kein weiteres Wort heraus.

Oliver stand vor dem Ofen, den Kochlöffel, mit dem er die Sauce umgerührt hatte, in der Hand.

Braune Flüssigkeit tropfte zu Boden.

»Leg dieses verdammte Scheißding weg!«, brüllte Stefan, sprang vor und riss seinem Sohn den Löffel aus der Hand, den er in die Spüle donnerte.

Oliver blickte seine Eltern an. Sein Gesicht war regungslos und bleich. Eine Haarsträhne fiel über das rechte Auge. Er war auf gewisse Weise erschüttert. So viele Schimpfworte aus Papas Mund? Das kannte er nicht.

»Du hast gesagt, du willst für mich da sein, Papa.« Still, ruhig, tonlos.

»Ach ja?«, zischte Stefan.

Danielas ganzer Körper bebte. »Das ist ein Alptraum. Das ist ein Alptraum!«

»Für einen Mörder soll ich da sein? Für einen gottlosen Mörder?«

»Leise, Stefan. Nicht so laut, wenn die Nachbarn ...«, stotterte Daniela.

»Halt die Klappe!«, fuhr er sie an.

»Nein, tue ich nicht. Du willst doch immer der Klügere von uns beiden sein. Und kommst mit sowas. Willst deinem Sohn helfen. Oder hast du das? Hast du gemeinsam mit ihm die Kinder ...-»

»PAPA! MAMA!«, schrie Oliver.

»Ruhe! Ruhe!«, schrie Daniela zurück und drückte ihre Hände auf die Ohren.

»Hört auf zu streiten!«, rief Oliver.

»Wegen dir, mein lieber Sohn, wegen dir passiert das alles!«, fuhr Stefan aus der Haut. »Nur wegen dir. Du zerstörst alles. Du zerstörst dich, unser Leben, einfach alles. Man sollte dich wegsperren. In die Klapse, für alle Zeiten. Einfach nur weg. Ich will dich nicht mehr sehen. Ich will dich nicht mehr sehen. Verschwinde aus meinen Augen!«

Oliver ging, Stefan machte zwei große Schritte und riss ihn am Arm zurück. »Du haust wirklich ab?«

»Aber ...«

»Aber? Was aber? Du bleibst hier, verdammt!«

»Ruhe ... Ruhe ...«, wimmerte Daniela.

»Du gehst? Du lässt Mama und mich alleine? Du tust, als sei nichts geschehen? Das würde dir so gefallen, was? In dein Zimmer gehen und deinen Dreck lesen von wegen Läusen und so und so tun, als wäre alles in Ordnung?« Er schlug Oliver mit dem Handrücken ins Gesicht.

Der Junge taumelte und hielt sich am Stuhl fest. Seine Augen glühten hellblau. »Na, willst du mich wieder mit dem Gürtel verprügeln? So, wie dein Vater dich verprügelt hat?«

Stefan erstarrte. Schweiß lief über seine Stirn. Nach einer unendlich wirkenden Pause knurrte er: »Du kleines Mistding hängst andauernd mit deinen Ohren an der Wand und lauschst, oder? Woher weißt du das? Woher weißt du alles, was uns angeht?«

Oliver verzog das Gesicht und kniff die Lippen aufeinander. »Niemand verdächtigt mich.«

»Und damit ist die Sache vorbei, glaubst du? Himmel noch mal, bist du wirklich so verklebt in deinem Schädel, dass du dir nicht vorstellen kannst, was alles geschehen kann? Und wir, wir sind Mitwisser! Wir müssten dich der Polizei melden. Du gehörst in den Knast, mein Lieber.«

»Die armen Kinder. Umgebracht von ihrem eigenen Mitschüler«, jammerte Daniela.

»Hör endlich auf zu heulen, Daniela!«, schnappte Stefan. »Der da ist unser Problem.« Er wies mit dem Zeigefinger am ausgestreckten Arm auf Oliver. »Dieses kranke Wesen ist unser verschissenes Problem. Dafür haben wir alles versucht, um ein Kind zu kriegen. Das haben wir uns erträumt. Die Eltern eines Killers zu sein. Und nun? Was tun wir jetzt? Soll ich ihm wehtun? Richtig wehtun?«

Oliver zog die Brauen zusammen.

»Ja, starr mich ruhig an. Oder wirst du dich dann an deinem Vater rächen? Bin ich dann dein nächstes Opfer, wenn ich dir den Arsch versohle? Schneidest du mir die Kehle durch, wenn ich neben deiner Mutter schlafe? Oder vielleicht uns beiden? Muss ich demnächst die Schlafzimmertür abschließen?«

Stefan spritzte weißer Speichel aus dem Mund.

»Brauche ich eine Alarmanlage um ohne Angst duschen zu können, oder wirst du mir einen Fön in die Badewanne werfen? Na? Sag schon. Was hast du mit uns vor?«

»Ich würde euch nie was tun, Papa«, sagte Oliver mit schwacher Stimme.

Daniela ging und kam mit einem Besen wieder.

»Lass den Dreck liegen«, herrschte Stefan sie an, doch sie fegte unbeirrt, während sie weinte.

»Verschwinde!«, befahl Stefan. »In dein Zimmer. Dort bleibst du. Verschwinde endlich. VERSCHWINDE!« Oliver flitzte hinaus und Stefan konnte nicht aufhören. Immerzu brüllte er mit sich überschlagender Stimme: »VERSCHWINDE! VERSCHWINDE AUS MEINEM LEBEN!«

Daniela und Stefan begriffen, welche Macht Oliver über sie ausübte. Er war ein Monster und sie waren ihm ausgeliefert, es sei denn, sie begriffen endlich, dass dies nicht der Sohn war, den sie sich gewünscht hatten. Doch das bedeutete, ihren Schwur zu brechen, den sie sich gegeben hatten, als alles hell und licht gewesen war. Stets für ihren Sohn da zu sein. Ihn zu beschützen. Wie sehr hatten sie sich ein Kind gewünscht, wie nervig waren die Umstände gewesen, überhaupt schwanger zu werden. Und was hatte sie geboren?

Einen Unhold!

Konnten sie darauf stolz sein? Wollten sie das überhaupt?

Ihre Gedanken waren ihnen selbst fremd, doch sie wollten nicht die Kumpane eines Mörders sein.

Oliver gehörte weggesperrt.

Und wohin führte das?

Sie würden kein Kind mehr haben, es nie mehr haben, sie beide wären kinderlos, denn der Junge bliebe jahrelang eingesperrt.

Verzweifelt.

Versager!

Die Zukunft wäre so dunkel ohne Oliver, wäre ohne Kontur.

Später, als sie sich beruhigt hatten, brachte Stefan es auf den Punkt.

»Es gibt nur zwei Möglichkeiten. Entweder wir bleiben bei unserem Sohn und helfen ihm oder wir verlieren ihn für immer.«

»Er ist ein Mörder«, sagte Daniela.

»Das ist grausig und schrecklich, aber wenn wir ihn einliefern, verkommt er in der Psychiatrie oder man findet ihn eines Tages tot und will uns weismachen, er habe Selbstmord begangen.«

»Aber er ist ...«

»Willst du das wirklich?«

»Ich weiß es nicht«, sagte sie. »Ich weiß nicht mehr, was eine Mutter einem Kind bieten soll. Ich weiß einfach nicht mehr, wie weit man als Mutter gehen darf. Lieber Gott, er hat harmlose Kinder getötet. Niemand kommt auf den Gedanken, dass es unser Sohn sein könnte, aber wir wissen es. Ganz Berlin sucht nach dem Mörder. Wir wissen, dass dieser hübsche, liebe Junge ein Mörder ist. Oh, Stefan. Was sollen wir nur tun?«

Stefan wirkte wie erschlagen.

Sie sagte: »Und früher oder später wird die Polizei sich eins und eins zusammenreimen. Sie werden Oliver verhören. Das sind Profis. Die erkennen sofort, wenn einer lügt. Und wir werden als Mitwisser angeklagt. Dann verschwinden auch wir hinter Gittern. Ich wundere mich, dass es noch nicht an der Tür geklingelt hat.«

Stefan presste die Lippen zusammen. Er sah bleich aus und hatte dunkle Ringe unter den Augen.

Sie sagte: »Er schläft oben, als sei nichts geschehen. Wenn ich mit ihm spreche, ist er lieb, freundlich und zuvorkommend. Er ist ein wunderbares Kind, so, wie ich es mir immer gewünscht habe. Und doch ...«

»Ich werde mit ihm reden. Ich will versuchen, ihn zu begreifen. Vielleicht gelingt es mir, ihn vor sich selbst zu schützen."

»Und wenn nicht? Bisher waren deine Bemühungen vergebens.«

»Dann war alles umsonst.« Stefan blickte zu Boden und wirkte wie ein kleiner alter Mann.

»Unser schönes Leben ist zum Teufel«, sagte Daniela.

»Ja, das ist es«, antwortete Stefan. Dann fügte er, fast verschwörerisch, hinzu: »Aber das wissen nur du und ich ...«

»Ich habe Angst«, sagte Daniela.

Stefan nahm sie fest in den Arm. »Ich auch.«

15

Will Prenker faltete die BZ zusammen und kratze sich am Kinn. Nachdem der Buchverlag ihm die Verkaufszahlen des letzten Tages mitgeteilt hatte, gab es eigentlich keinen Grund für schlechte Laune, uneigentlich jedoch standen ihm die Haare zu Berge.

Zwei tote Kinder. Getötet mit einem Messer, wie es Profiköche benutzten, vermutlich zum Tranchieren von Fleisch. Kein Schneidewerkzeug aus der Schulküche. Der Täter hatte es mitgebracht.

Uwe Caffé mochte Recht haben, wenn er annahm, es könne sich durchaus um einen jugendlichen Täter handeln, einen Mitschüler vielleicht, doch wer von denen war Profikoch?

Das Problem war, dass Will nur die Informationen hatte, die er in der Tagespresse las. Diese Infos waren gefiltert und seine ehemaligen Kollegen vom Landeskriminalamt Berlin wusste vermutlich schon viel mehr. Woher das Messer stammte und wer zum Kreis der Verdächtigen gehörte.

Was bedeutete, Kinder zu verhören, eine Aktion, die in Deutschland nur schwierig umzusetzen war, da die Psyche von Kindern geschützt wurde.

Hin und wieder verhörte man sie sanft, indem zum Beispiel ein Beamter die gesamte Schulklasse zusammenbrachte und sich, Verständnis heuchelnd, vor sie stellte, eine Rede hielt und darauf vertraute, dass ein Finger in die Höhe schnellte, hinter dem jemand steckte, der etwas verriet. Will konnte sich denken, wie es dieses Mal ausging. Wie das Hornberger Schießen. Kawumm! Zwanzig Kids, die ängstlich schlotterten, da sie glaubten, das nächste Opfer des Mörders zu sein. Und welcher Schüler mochte es gewesen sein? Wer hatte noch einen Blutspritzer im Gesicht? Wer war auffällig genug? Und was, wenn der Täter ganz woanders zu suchen war? Ein frustrierter Dealer. Doch ein Erwachsener?

Aber warum dann der Mord in der Turnhalle?

Das Mädchen hatte den Täter überrascht, deshalb hatte sie sterben müssen. Soviel war klar und wurde auch verlautbart.

Was hatte der Täter in der Turnhalle gesucht?

Ein Pädophiler?

Vielleicht sogar der Sportlehrer, der dem Mädchen ein Kind gemacht und einen Mitwisser und schließlich sie selbst ausgelöscht hatte? War die Tote schwanger gewesen? Er brauchte Infos, viel mehr Infos!

Wills Phantasie machte Sprünge.

Wieder und wieder las er die Namen der Opfer, und beim zweiten Namen brach ihm der Schweiß aus.

Lars Friedrich.

Und Marlies Rieger. Die fünfzehnjährige Tochter des Serienmörders Dr. Mark Rieger.

16

Elvira Kreidler, duckte sich unter dem Blick von Oberstaatsanwalt Spinner, der sie anstarrte, als sei sie ein Krabbeltier, das sich direkt auf den Telefonhörer gesetzt hatte. Entweder er wischte es mit einem Handstreich weg oder er erschlug es.

»Zwei tote Kinder, Frau Kreidler. In einer Schule. Einem Ort, an dem Kinder sicher sein sollen, einem Ort, dem die Eltern vertrauen. Wissen Sie, was das für Ihre Gruppe, was das für das LKA bedeutet? Die Presse wird uns zerfetzen wie trockenes Papier, wenn wir nicht in wenigen Tagen einen Täter präsentieren. Was, verdammt, ist eigentlich in dieser Stadt los? Haben wir neuerdings ein Serienmördernest? Zuerst diesen Pfahlmörder, dann ausgerechnet einen Gerichtspsychologen, für den Sie sich auch noch stark gemacht haben, und nun ...«

Elvira Kreidler versuchte, Haltung zu bewahren. Schnippisch antwortete sie: »Und was nun ...?«

»Was weiß ich«, stöhnte Spinner, seine aggressiv nach vorne geschobenen Schultern sackten zusammen und unversehens sah er nur noch aus wie ein Mann, der einen großen Sack Probleme mit sich schleppte.

Der Mann stand unter Druck und versuchte, sich hinter einer Mauer der Autorität zu verstecken.

»Kinder, Frau Kreidler. Von mir aus eine Oma oder einen Bauarbeiter, aber Kinder? Und dann auch noch die Tochter von Dr. Rieger, der noch immer gesucht wird. Das alles ist derart verfilzt, dass mir der Kamm schwillt.«

»Es gibt Spuren, Herr Spinner.«

»Na klar. Ein Mitschüler, nicht wahr? Haben Sie eine Ahnung, was das für uns bedeutet?«

Oh ja, das wusste Elvira nur zu gut.

Dennoch erklärte der Oberstaatsanwalt: »Kinder sind bis zum 14. Lebensjahr strafunmündig und können nicht Verdächtige oder Beschuldigte in einem Strafverfahren sein. Und damit beginnt die Scheiße!«

Elvira schwieg. Sie wollte ihm seinen Lauf lassen und staunte über die rüde Ausdrucksweise des mächtigen Mannes. Seine Nerven lagen tatsächlich bloß.

»Jeder Anwalt wird uns in der Luft zerreißen, wenn wir ein Kind vernehmen. Die Angehörigen haben ein Auskunftsverweigerungsrecht, was mich wahnsinnig macht. Sie dürfen ihre Kinder schützen und wir müssen ihnen beweisen, dass sie etwas wissen, dass sie sich zu Mitschuldigen machen. Mitschuldig an wem? An einem Kind. Und das wiederum kann nicht beschuldigt werden, bis es 14 Jahre alt ist. Da beißt sich die Katze komplett in den Schwanz. Das ist Unlogik pur. Und als wäre das nicht alles, dürfen wir die Kinder nur mit Zustimmung der Eltern verhören.

Papa und Mama hocken also bei der Vernehmung dabei und ziehen die Fäden.«

Er schnaufte, übergewichtig und frustriert. »Wir kriegen nur dann einen Ergänzungspfleger dazu, wenn wir den Eltern etwas nachweisen können. Wie ich schon sagte: Katze, Katze!«

Elvira füllte dem Oberstaatsanwalt die Kaffeetasse, der einzige Mann, der in diesen Genuss kam.

Sie sagte: »Okay, da ein Kind nicht Beschuldigter sein kann, ist die Anwendung der Regelungen der StPO also relativ kompliziert. Dennoch besteht eine Möglichkeit, Informationen zu erheben. Nehmen wir an, das Kind steht in einer akuten Gefahr, dass es weiter straffällig wird und somit eine sozial angepasst weitere Entwicklung des Kindes verhindert wird. Dann dürfen wir verhören und das Kind unverzüglich dem Jugendamt überstellen, Fingerabdrücke nehmen und das Kinderzimmer durchsuchen.«

»Paragraphenreiterei. Fernab der Realität.« Er trank einen Schluck, schwarz. Er schüttelte langsam den Kopf. »Welches Kind auf dem Schiller-Gymnasium hat Eltern, die wir durch das Jugendamt ersetzen sollen? Das sind allesamt feine Leute mit drei Fernsehern und zwei Autos, viele von denen sehr gebildet mit ausreichend Geld für Top-Anwälte. Die werden Zeter und Mordio schreien. Ganz zu schweigen von den Medien. Kinder, mein Gott! Sensibler geht's nicht.«

Elvira Kreidler, Amtsbereichsleiterin der Abteilung Mord im Landeskriminalamt Berlin, versuchte nach wie vor, Ruhe zu bewahren. Wie heiß die Sache war, wusste sie. Und auch wie gefährlich für ihre Karriere. Ihre wäre um Haaresbreite beendet gewesen, nachdem ihr hochgeschätzter Mark Rieger sich als Mörder herausgestellt hatte.

Und ausgerechnet auf den musste sie zu sprechen kommen.

»Und wenn wir alle falsch liegen und es kein Mitschüler war? Zwar gibt es in der entsprechenden Klasse zwei Schüler, die durch aggressives Verhalten aufgefallen sind, einer hat einem Mitschüler vor zwei Jahren eine Füllerspitze ins Knie gestochen, aber deshalb sind die ja noch keine Mörder. Was mir nicht aus dem Kopf geht, ist die kleine Marlies Rieger.«

»Da sagen Sie was!«

Spinners Fingerspitze schoss nach vorne.

»Die Mutter der Kleinen springt im Dreieck! Sie ist der festen Überzeugung, es handele sich um den Racheakt von jemandem, der sich durch die Morde ihres Mannes auf den Schlips getreten fühlt. Das andere Kind sei sozusagen Fallobst, es ginge nur um ihre Tochter. Und wer ist schuld? Wer hat Rieger noch nicht gefasst? Wer ließ zu, dass irgendwer sich an der Familie Rieger rächte? Selbstverständlich die böse Polizei! Sie, Frau Kreidler! Und wird Gabi Rieger, vormals Gattin des Psychopathen, die nächste sein? Sie hat Angst, sie ist sauer und sie trauert. Das, liebe Frau Kreidler, ist eine brisante Mischung, die uns um die Ohren fliegen wird, wenn Ihnen und Ihren Leuten nicht bald was einfällt.«

Die Drohung war – Kaffee hin oder her – unüberhörbar!

»Vermutlich ist es wirklich das Beste, Sie lassen die Mitschülertheorie fallen und konzentrieren sich auf das Mädchen. Vielleicht lockt der Mord ja sogar den guten Dr. Rieger aus dem Versteck und wir schlagen zwei Fliegen mit einer Zeitung, platsch, hahaha!«

Spinner erhob sich schwer. Seine Stirn glänzte vor Fett und Schweiß. In seinem Blick standen Zorn und Mitleid gleichermaßen. Er musste nichts mehr sagen. Er nickte und verließ das Büro.

Elvira starrte auf die halbleere Kaffeetasse. Oder war sie halbvoll?

Unwichtig! Sie hatte ein echtes Problem.

Und fast ohne es zu wollen, beschloss sie eine Alternative. Sie suchte in ihrem Handy und fand die Nummer. Sie wählte und lächelte, als abgenommen wurde.

»Hallo, Herr Prenker. Ich brauche Sie.«

17

»Wenn es ein Mitschüler war, will ich es wissen!«, sagte Elvira Kreidler.

Will brauchte fünf Sekunden, um eins und ein zusammenzuzählen. Er lächelte und hätte am liebsten die Füße auf Kreidlers Schreibtisch gelegt, so gut ging es ihm.

»Hören Sie auf, so süffisant zu grinsen«, schnappte die Kreidler. »Sie sind der einzige fähige Mann, den ich kenne, der unter einem Deckmantel ermitteln kann ...«

»... ohne dass man euch was am Leder flickt, stimmt's?«

»Wenn Sie das so sehen wollen, ja!«

»Okay, ich knöpfe mir also die Mitschüler der Opfer vor. Ganz diskret.«

»Und wenn Sie nicht diskret genug sind, kenne ich Sie nicht, ist das klar?«

»Und warum sollte ich das tun? Sie wissen ganz sicher, dass es mir nicht schlecht geht. Finanziell ...«

»Hören Sie auf, zu labern, Prenker!«, stieß Elvira Kreidler aus. »Halten Sie mich für dämlich? Glauben Sie, ich weiß nicht, dass ein Deal mit Rumpelstilzchen immer auf beiden Seiten beruht?«

»Also?« Will beschloss, die Beleidigung zu überhören.

»Sie erhalten nach der Aktion Zugang zu jedem Gefangenen, soweit es in meiner Macht liegt. Für weitere drei Bücher ist also gesorgt. Sie bekommen Informationen, so viele Sie wollen, ohne an einem Fall beteiligt zu werden. Reicht das?«

»Ihnen geht Ihr hübscher Popo auf Grundeis, nicht wahr?«

»Und Sie wissen das. Ja, so ist es. Fangen Sie jetzt bloß nicht an, um ein Feuer zu tanzen. Sie bekommen über meinen Schreibtisch alle Spesen erstattet und 200 Euro pro Tag als Aufwandsentschädigung.«

Will schmunzelte. »Und wo soll ich anfangen?«

Elvira Kreidler klatschte Will eine Mappe mit kopierten Unterlagen auf den Tisch. »Lesen Sie das und Sie wissen, was zu tun ist.«

Will lupfte sich aus dem Stuhl. Eine kleine Befriedigung brauchte er noch. »Warum ausgerechnet ich?«

Die Amtsleiterin blickte ihn an. Ohne Häme, ohne Zorn, sondern ganz offen. »Weil Sie ein verdammt guter Bulle waren, Herr Prenker.«

Mehr wollte Will nicht hören.

18

Für einen erfolgreichen Ermittler galt nur, er machte sich unbeliebt oder er machte sich unbeliebt. Also entschied Will sich.

Er gab sich als Journalist aus und versuchte, Antworten zu bekommen. Und er machte sich sehr unbeliebt, oh ja. Herr Doktor oder Frau Doktor schützten ihre Kinder mit Händen so groß wie Regenschirme.

Aber es gab noch die anderen Leute.

Die wenigen, die nicht zur Klasse der Masters of the Univers gehörten. Die waren nicht weniger resolut, aber sie waren lauter, schriller, so wie man es aus RTL-II-Reality-Soaps kannte. Verklag mich doch! Ich nehme dir deine Wohnung! Ich nehme dir deine Kinder! Schluss mit Hotel Mama! Verdammt, ich nehme dir deine gottverschissene Seele und saug dir die Därme raus! Und wenn nichts mehr geht, lass ich mich von Angelika Kallwass heilen und von Johan Lafer bekochen.

Es war ein undankbarer Job. Offenbar hatten die Mütter nach wie vor zu viel Zeit tagsüber, und dass sie eventuell in früherer Zeit Thomas Mann gelesen oder Schöngeistigkeit studiert hatten, spielte heute keine Rolle mehr. Sie waren nur eine Fingernagelbreite von der Unterschicht entfernt.

Sie waren so, wie sie dachten, dass man als gute Mutter sein musste.

Krallend, besitzergreifend und besserwisserisch wie böse Hexen.

Und die Kleinen waren großkotzige Scheißer, die gegenüber der Mutter den Kopf gesenkt hielten, aber sobald sie sich einigermaßen frei fühlten, rotzig und großmäulig geiferten wie böse Gnome. War das Selbstbewusstsein?

Oder war es ein ganz alltäglicher Horror, der die Kleinen ergriffen hatte, weil wiederum die Mütter sie ergriffen hatten und behandelten wie Manager, die von einem Termin zum nächsten gefahren wurden, ohne jemals wirklich Kind sein zu dürfen. Und je größer das Haus, desto krasser wurde es.

Beim Reiten.

Beim Sprachunterricht.

Beim Turnen.

Beim Was-weiß-ich-Blumen-stecken-zum-Verrecken.

Und diese Kinder sollten die Welt beherrschen? Kinder, die nie spielten, im Wald tobten, sich die Beine aufschlugen, im Sand rauften?

Es dauerte zwei Tage und Will Prenker war glücklich, nie Vater geworden zu sein.

Erreicht hatte er nichts.

19

Stefan öffnete mit zitternden Händen eine Zeitung nach der anderen. Er hatte alle gekauft, die er bekommen konnte. Überall suchte er nach Hinweisen, die auf seinen Sohn deuteten.

Er war daheim geblieben, konnte nicht zur Arbeit gehen.

Daniela hantierte im Garten, schnitt Rosen oder so ... Irgendwie war das auch unwichtig, Hauptsache, sie beide betätigten sich und kamen nicht zum Nachdenken.

Andauernd lauschte Stefan auf ein aggressives Klingeln an der Haustür oder auf Autos, die mit blinkenden Lichtern vor ihr Haus fuhren, wie man es aus TV-Krimis kannte.

Schwarze Ledermänner, die aus den Autos sprangen, in ihre Sprechfunkgeräte schnatterten und an die Tür pochten, während sie *Hallo Polizei, sofort öffnen!* brüllten.

Doch nichts dergleichen geschah.

Stefan hatte sich ein Leben lang stets bemüht, kein schlechtes Gewissen haben zu müssen.

Er gab seine Steuerklärung pünktlich ab, er verspätete sich nicht zur Arbeit, seine Termine nahm er gewissenhaft wahr.

Sogar zum Friedhof ging er einmal im Monat, um dem Leichnam seines miesen Vaters eine Blume aufs Grab zu legen, die er viel lieber Daniela geschenkt hätte.

Aber so machte man das eben. Sein Leben lang hatte er sich bemüht, Ordnung zu halten, einer geraden Linie zu folgen. Nie war er arbeitslos gewesen und falls doch, hätte er Toiletten geschrubbt, um seine Familie zu ernähren. Nie hatte sein Sohn ihn betrunken erlebt, keinesfalls ließ er sich gehen, übertrieb Dinge, sondern war sich stets bewusst, dass die Herrschaft über den Augenblick die Herrschaft über das Leben war.

Und Oliver hatte ihm diese Herrschaft aus der Hand genommen.

Ihm, der Erdbeeren pflücken konnte, ohne sich eine in den Mund zu stecken.

Er beobachtete über die Zeitung hinweg, wie Daniela, zierlich, jung und geschmeidig, Unkraut zupfte. Nicht selten fragte er sich, was sie an ihm fand, doch stets, wenn er sie darauf ansprach, verschloss sie seinen Mund mit Küssen oder überschüttete ihn mit Zärtlichkeit. Für sie war er der, den sie sich gewünscht hatte, obwohl er sich selbst nicht selten auf die Nerven ging. Warum eigentlich ihr nicht?

Seine Art zu leben hatte ihn zu einem ängstlichen Mann gemacht, so wie Oliver es klar und emotionslos festgestellt hatte. Er war ein ängstlicher Mann! Also war es an der Zeit, sich Mut zu machen. Sollte die Polizei doch kommen. Er würde seinen Sohn beschützen und auch seine Frau, die dann hoffentlich wusste, wann sie zu schweigen hatte.

Er war ein guter Rhetoriker und nicht auf den Kopf gefallen. Es gehörte was dazu, ihn aufs Glatteis zu führen. Warum also diese Furcht?

Und er begriff, dass es nicht die Furcht vor Strafe war, sondern davor, seine Familie zu verlieren.

Daniela an einen Traum, den ihr die Familie nicht mehr erfüllte.

Oliver an die Dunkelheit.

Und sich selbst an die Leere, die daraufhin folgen würde.

Doch auch das war noch nicht die ganze Antwort. Er hinterfragte sich noch ein paar Minuten, dann erkannte er mit bitterer Gewissheit seinen Selbstbetrug.

Schon die Tatsache, dass er Oliver zu schützen versuchte, führte dazu, sein gesamtes Lebensbild zu hinterfragen. Wer auch immer ihn auf die Probe stellte, hatte ihm ein schweres Los zugedacht, hatte ihn in einen Konflikt gestürzt, der ihn fast zerriss. Denn die Konsequenz seines Naturells bedeutete, Oliver an die Polizei auszuliefern oder in psychologische Behandlung. Ein Mörder war ein Mörder, auch wenn er jung und unwissend war, auch wenn er krank war oder denselben Namen trug wie sein Vater.

Doch dies war nur die eine Seite der Medaille. Die andere Seite schimmerte genauso düster und sagte mit erbarmungsloser Entschlossenheit:

Disziplin ist Konsequenz! Deine Konsequenz ist die Verpflichtung als Vater! Und die wiederum besagt: Stehe zu deinem Kind, komme was da wolle!

Ein gedanklicher Kreislauf ohne Ende.

Drei, nein vier Zeitungen hatte er durchsucht, doch die Nachrichten waren spärlich. Hauptsächlich schossen sich die Blätter auf einen Serienmörder ein, der vor einiger Zeit entkommen war und dessen Tochter der Täter ermordet hatte. War es eine Tat aus Rache? Und was geschah nun mit der Mutter des Mädchens? Befand auch sie sich in Gefahr? Überhaupt ... wo war der Vater des Kindes?

Wo war der Serienmörder? Ersten Gerüchten zufolge hatte der Mann sich umgebracht, da er mit seiner Schuld nicht hatte leben können. Andere wiederum sagten, er halte sich unter falschem Namen im Ausland auf und wisse noch nichts von dem Drama.

Stefan begriff, dass die Polizei im Dunkeln tappte, aber vermutlich die Mitschülerthese verworfen hatte - falls es sie jemals gegeben hatte.

Um Haaresbreite hätte Stefan gelacht. Das war ein schlechter Witz. Also hatte Oliver einen Mord begangen, der ihn gleichermaßen entlastete? Hatte er das Glück der Düsternis, den Hohn des Teufels, der immer stärker gewesen war als Gott?

Stefan schüttelte es und er bekam Kopfschmerzen. Er warf die Zeitung auf den Wohnzimmertisch und ging zum Terrassenfenster. Nein, er brauchte sich nicht vor der Polizei zu fürchten. Offenbar hatte Oliver Glück gehabt, hatten sie alle Glück gehabt, und diese Erkenntnis schmeckte bittersüß. Er schob die Tür auf, atmete die spätsommerliche Luft und erstarrte.

Es klingelte und sein Herz setzte für einen Moment aus. Er lauschte dem Geräusch nach. Wiederholte es sich? Standen Autos mit laufenden Motoren vor der Tür?

Nein.

Nur ein ganz einfaches, fast zögerliches Klingeln.

Er öffnete die Tür.

20

Will stellte sich vor. »Ich komme von der BZ.«

»Na und?«

»Ich habe ein paar Fragen an Sie, Herr Strauss.«

»Um was geht es?«

»Darf ich reinkommen?«

»Sagen Sie mir erst, was Sie wollen.«

»Es geht um die Morde im Schiller-Gymnasium.«

»Schlimm, Herr ...«

»Prenker. Will Prenker. Ja, sehr schlimm. Ich mache grad eine Umfrage bei den Eltern, wie sie damit umgehen, dass in ihrer Schule gemordet wird. Nicht dass wir uns falsch verstehen ... wir werden keinen Sensationsbericht schreiben, aber mein Chefredakteur meinte, es könne nichts schaden, nachzufragen, wie die Eltern der Kinder sich damit fühlen.«

»Wir fühlen uns schlecht.«

»Darf ich?«

»Ja, treten Sie ein. Aber nur für ein paar Minuten.«

»Na klar, Herr Strauss. Ich will Ihnen schließlich Ihre Zeit nicht stehlen. Ein schönes Haus haben Sie und ein gemütliches Wohnzimmer.«

»Setzen wir uns.«

»Danke.«

»Also?«

»Wie geht es Ihnen bei dem Gedanken an die Morde? Immerhin hätte es auch Ihr Sohn ... Ihre Tochter ...?«

»Sohn.«

»Hätte es auch Ihr Sohn sein können. Verzeihen Sie, wenn ich das so offen anspreche, aber mir als Vater ginge es dabei wirklich dreckig.«

»Und was wollen Sie von mir hören?«

»Wie geht es Ihrem Sohn damit?«

»Ich dachte, es interessiert Sie, wie die Eltern darüber denken?«

»Aha?«

»Mein Sohn ist heute wieder in der Schule.«

»Viele Eltern schicken ihre Kinder derzeit nicht zum Unterricht. Aus Angst.«

»Wollen Sie damit sagen, wir sorgen uns nicht um unser Kind?«

»Ist das Ihre Frau?«

»Ja, aber lassen sie uns beim Thema bleiben. Ich selbst finde das schlimm und mein Sohn geht trotzdem zur Schule. Schließlich muss alles seine Ordnung haben.«

»Seine Ordnung.«

»Ja. Sie haben mich richtig verstanden. Die Tochter des Serienmörders ist tot. Warum also sollte sich noch jemand auf das Schiller-Gymnasium konzentrieren?«

»Gute Frage. Und sicherlich haben Sie Recht.«

Sie blickten sich an. Eine unangenehme Situation.

»Ihr Sohn würde sich wehren, wenn so etwas passiert, nicht wahr?«

»Wie kommen Sie darauf?«

»Nun ... wie ich hörte, griff er vor zwei Jahren einen Mitschüler tätlich an. Mit einem Füller. Huh, das muss weh getan haben.«

»Was wollen Sie damit sagen?«

»Dass Ihr Sohn jemand ist, der sich zu wehren wüsste.«

»Sie reden Schwachsinn, Herr ...«

»Prenker.«

»Entschuldigen Sie, aber wer kann sich gegen einen Profimörder wehren, der mit einem Küchenmesser tötet?«

»Da haben Sie Recht, Herr Strauss. Na ja, dann wünsche ich Ihnen alles Gute. Ihr Sohn wird gleich von der Schule kommen?«

»Ja.«

»Darf ich ein paar Worte mit ihm wechseln?«

»Nein, dürfen Sie nicht.«

»Das verstehe ich, verstehe ich wirklich. Dann darf ich mich verabschieden?«

»Sie dürfen, Herr ...«

»Prenker.«

»Kenne ich Sie irgendwoher?«

»Nicht dass ich wüsste. Vielleicht haben Sie meinen Namen in der BZ gelesen? Ich sehe, Sie lesen die BZ und viele andere Zeitungen? Vier Stück? Viele Zeitungen jeden Tag.«

»Ich ... ich bin gerne informiert.«

»Wer ist das nicht gerne, Herr Strauss.«

»Vielen Dank für Ihren Besuch.«

»Oh, ist da ihr Sohn? Ich höre einen Schlüssel in der Haustür. Er hat einen Schlüssel?«

»Den braucht er, wenn wir nicht daheim sind.«

»Dann möchte ich jetzt gehen.« Will sprang auf. »Hallo, bist du Oliver?«

»Ja.«

»He, Oliver, alles klar?«

»Ja.«

»Und wie geht's in der Schule?«

»Fick dich, Mann.«

Will starrte dem Jungen hinterher, Stefan Strauss komplimentierte ihn aus dem Haus, dann stand er draußen vor der Tür und sein Herz schlug schnell. Er hatte den Täter gefunden.

21

Stefan begriff es sofort. Dieser Mann hatte von vorneherein gewusst, wonach er suchte. Er hatte Olivers Namen gekannt, obwohl er getan hatte, als wisse er nicht, ob sie eine Tochter oder einen Sohn hatten. Er hatte von der Sache mit dem Füllfederhalter gewusst, war bestens informiert gewesen.

Sein Herz klopfte und als Oliver auf der Treppe zum Obergeschoss umkehrte, fragte der Junge: »Wer war das, Papa?«

»Er sagte, er sei von der Zeitung.«

»Stimmt nicht.«

»Wie kommst du darauf?«

»Ich habe es an seinen Bewegungen erkannt.«

»Bewegungen?«

Oliver verzog das Gesicht. »Er hat sich nicht bewegt wie ein Mann, der den ganzen Tag am Computer sitzt und schreibt. Dafür war er viel zu geschmeidig, viel zu sportlich.«

»Und so etwas siehst du?«, staunte Stefan.

Oliver nickte. »Ja, Papa. Das ist meine Art, Dinge wahrzunehmen.«

»Könntest du mir sagen, wie er aussieht?«

Oliver runzelte die Stirn. »Manno, du weißt doch, dass ich das nicht kann. Obwohl ...«

Er räusperte sich. »Er hatte ein dunkles Gesicht. Eins, das mir nicht gefallen hat. Verschlossen, verstehst du? Nicht offen, wie bei einem, der sich für Sachen wirklich interessiert. Sondern so wie einer, der lügt.«

Stefan schüttelte langsam den Kopf.

Mehr und mehr kapierte er, wie sensibel sein Sohn im Grunde war.

Wie viel mehr er von dem aufnahm, was normalen Menschen verschlossen war, wofür er mit dem klaren Bild des Gegenübers zahlte.

»Wie wirke ich jetzt auf dich?«

»Wütend.«

»Aber ich fühle mich nicht wütend.«

»Dann weißt du es nicht, Papa.«

»Komm mal ins Wohnzimmer.«

Oliver legte die Schultasche ab und folgte seinem Vater. »Etwas Schlimmes ist passiert, Papa?«

»Ja, ich glaube, der Mann weiß Bescheid.«

Oliver machte eine Schnute, dann nickte er eifrig. »Das könnte sein.«

»Und ich weiß nicht mehr weiter.«

Oliver schwieg und sah nun aus wie ein hilfloses, verlassenes Kind. Ja, so sah er aus und Stefan blutete das Herz. So hübsch war er, so groß und schlank.

Die Terrassentür öffnete sich und Daniela trat ein. Sie putzte sich die Füße auf der Fußmatte ab und blieb stehen, als sie ihre Männer beieinander sitzen sah, beide schweigend und wie in einer anderen Welt.

Ohne ein Wort zu sagen, setzte sie sich dazu und legte die Hände, die sauber waren, da sie im Garten mit Handschuhen arbeitete, auf die Knie. Eine schöne, noch immer junge Frau, die ihren Sohn und diesen seltsamen Mann anblickte, die sie beide so sehr liebte, wie ihr jetzt, in der Stille, in dieser grauenvollen und doch herzzerreißenden Stille, klar wurde.

»Ich weiß nicht mehr weiter«, brach Stefan das Schweigen.

Aus seinen Worten sprach die ganze Trauer eines zerbrochenen, zerstörten Lebens, sprach alle Hilflosigkeit, nach der nur noch die allumfassende Leere kommen konnte oder die bitterste Verzweiflung.

Seine Worte schwangen im Raum nach wie der Hall dunkler Glocken, als würde Mahler seine Harmonien über sie ausschütten, während unsichtbare Hände sie zu einem Grab zogen, in das sie sinken mussten, um endlich, endlich Frieden zu finden. Lovecraft würde vielleicht von einem kosmischen Grauen sprechen und von wispernd schleppenden Lauten, die klatschend im Raum wirkten, und vielleicht würden Philosophen darauf hinweisen, dass niemand weise sein konnte, der nicht die Dunkelheit kannte. Sie wussten, dass sie waren, doch sie vergaßen es, spürten es nicht, zu sehr zerrte das Grauen an ihrer Seele wie Krallen im Schlamm.

»Anfangs wollt ich fast verzagen«, murmelte Stefan. »und ich glaubte, ich trüg es nie, und ich hab es doch getragen, doch fragt mich nur nicht: wie?«

Ein gereimtes Zitat.

Daniela schluchzte.

Oliver zog ein langes Gesicht und für einen Moment sah es aus, als trauere auch er.

Stefan starrte vor sich hin in eine Leere, die so allumfassend war, dass er murmelte: »Ich fühle das Nichts, seine Preisgegebenheit, seine Unzulänglichkeit, seine Abhängigkeit, Ohnmacht und Leere. Unaufhörlich steigt aus meiner Seele die Schwärze auf, die Traurigkeit, der Kummer, Verzicht und die Verzweiflung.«

Tränen rannen über seine Wangen.

»Ich kann nicht mehr, meine Lieben. Da nutzen auch alle Verse der Welt nichts mehr. Alles ist ohne Sinn, wie ein einziger, langer, allumfassender Akkord. Anders kann ich es nicht beschreiben und schon das ist viel zu viel. Wo soll das alles enden?«

Oliver sagte: »Ich gehe weg von euch, Papa. Ich mache euch keinen Ärger mehr. Ich verlasse euch.«

Stefans Kopf schnellte hoch.

Er lächelte und schnüffelte Tränen weg. »Was für ein Unsinn, Junge. Wohin willst du gehen?«

Oliver musterte seine Eltern. Lange, nachdenklich, und obwohl Stefan und Daniela es besser wussten, bemerkten sie in seinem Blick ein maßlos tiefes Mitgefühl. »Das ist unwichtig. Wichtiger ist ... wohin wollt *ihr* gehen? Merkt ihr es nicht? Ich bin dabei, auch euch zu töten. Ohne Blut und Messer.«

»Vielleicht sollten wir für eine Weile das Land verlassen«, flüsterte Stefan. »Woanders hingehen, wo uns nicht alles an die schlimmen Dinge erinnert. Wo wir neu anfangen können.«

22

Stefan Strauss war latent kämpferisch gewesen. Sein halbwüchsiger Sohn noch aggressiver. Erstaunlich angriffslustig für einen Zwölfjährigen.

Fick dich!

Hallo?

Strauss hatte einen Fehler begangen.

Woher wusste er etwas von einem Küchenmesser? Soviel Will wusste, stand das in keiner Meldung. Das war ein Indiz, dass das LKA noch unter Verschluss hielt.

Doch Strauss hatte es gewusst.

Will raste zum LKA. Er musste mit Elvira Kreidler reden. Vielleicht war die Sache schneller gegessen, als sie dachten.

Kreidler blickte ihn an, als sei er ein schleimiger Gnom. »Wie lange waren Sie Bulle, bevor ...«

»Lassen Sie es«, winkte Will ab. »Lange genug. Warum?«

»In Filmen mag so eine Aussage zur Überführung des Täters führen, aber jeder Anwalt, der halbwegs bei Verstand ist, wird Strauss coachen, er solle sich dumm stellen. Aussage gegen Aussage. Und selbst wenn er es zugibt, weil er einen Vogel hat oder Wahrheitsdrang, wird sein Anwalt dafür sorgen, dass Strauss die Sache mit dem Küchenmesser *vermutet*, aber nicht gewusst hat. Eine Idee, eine Vorstellung. Na und? Reden können wir, solange wir wollen. Das ist kein Beweis.«

Will senkte den Blick. Die Frau hatte Recht und er hatte es die ganze Zeit über gewusst. Er hatte sich verhalten wie ein Anfänger, vom unbedingten Willen getrieben, nach diesen zwei grauenvollen Tagen mit einem Erfolg aufwarten zu können. Verdammt, wem wollte er etwas beweisen?

Sie sah ihn an und lächelte, als ahne sie seine Gedanken.

Er grinste schräg.

Eine attraktive Frau. Um die vierzig, dunkle volle Haare, ein feingeschnittenes Gesicht, ein paar Falten zu viel um den Mund, dafür große, wache Augen. Schlank, trainiert mit kleinen straffen Brüsten und Beinen, von denen Will sich keine Vorstellung machte, da er die Kreidler noch nie im Kleid oder Rock gesehen hatte.

»Das waren zwei schreckliche Tage, sage ich Ihnen. Ich würde Ihnen gerne mehr dazu erzählen ...«

»Und dafür möchten Sie mich auf einen Drink einladen, ist es nicht so?«

Will stutzte, fasste sich und sagte: »Rumpelstilzchen und die böse Hexe?«

Sie schmunzelte. »Was ich sagte, tut mir leid. Das war unverschämt, schließlich habe *ich* Sie gebeten, mir zu helfen. Aber der Druck, verstehen Sie?«

»Dann vielleicht später.«

Elvira Kreidler runzelte die Stirn. Es war deutlich, dass sie versuchte, die Abfuhr gelassen zu sehen. Doch sie wäre nicht die Bereichsleiterin des LKA gewesen, hätte sie jetzt geschwiegen. »Da wir nicht mehr dienstlich verbunden sind, könnte ich mich überreden lassen.«

Will schob den Stuhl zurück, zupfte seine Lederjacke zurecht und blickte der attraktiven Frau in die Augen, mitten hinein in zwei dunkle Seen. »Okay, also nicht später, sondern jetzt. Schließlich müssen wir planen, wie wir Familie Strauss und ihren Killersohn überführen, ohne dass uns die Medien das Genick brechen.«

23

Dr. Mark Rieger hatte sechs unruhige Monate hinter sich.

Nachdem er aus seiner Waldhütte entkommen war, während Will Prenker unter dem Einfluss des Elektroschockers vor sich hin brabbelte und Janine, die Eva gewesen war, verblutete, waren die Stunden verflogen wie Minuten.

Mark gelang es, per Anhalter in seine Wohnung zu kommen. Dort sammelte er seine Kreditkarten ein, sein Bargeld und den wenigen Schmuck, drei wertvolle Uhren. Daraufhin fasste er sich ein Herz und begab sich in die Berliner Unterwelt.

Durch seine Arbeit als Gerichtspsychologe wusste er, wo er Menschen fand, die ihm weiterhelfen würden. In Hermsdorf gab es Kontakte, in Französisch Buchholz auch einige, aber vor allen Dingen in Siemensstadt, da von dort der Sprung zum Flughafen Tegel gering war.

Er besann sich auf zwei Adressen und innerhalb weniger Stunden hatte er einen falschen Pass. Kosten: 10.000 Euro. Für ihn kein Problem, da seine Kreditkarte noch offen war. So hob er an verschiedenen Apparaten Geld ab, bis sich seine Hosentasche beulte. Es war erstaunlich, denn es waren keine fünf Stunden seit seinem Mord vergangen und er hatte sein gesamtes mögliches Bargeld bei sich, sowie einen Pass, der auf ihn ziemlich echt wirkte. Er hatte nur einmal schnell sein Gesicht vor eine Polaroidkamera halten müssen, ein paar Drinks nehmen in einer schummrigen Kneipe und die Sache war erledigt.

Er ging zum Last-Minute-Schalter und überlegte, nach Thailand zu fliegen. Die Hitze und Luftfeuchtigkeit dort wären unerträglich. Vielleicht nach Ägypten oder nach Israel? Nein, wenn schon, dann wollte er alles haben.

Er entschied sich für Gran Canaria.

Zugegeben kein wirkliches Fluchtziel, aber vielleicht eben deshalb folgerichtig, eine Urlauberinsel. Er hatte keine Ahnung, wie viele Touristen pro Jahr auf der kleinen Kanareninsel weilten, aber es mussten zahllose sein. Sie kamen und gingen, und er würde bleiben.

Es war unüberschaubar.

Ein Kommen und Gehen.

Er würde sich zuerst eine kleine Wohnung mieten und sehen, wie es weiterging.

Zu seinem Erstaunen kam er problemlos durch die Passkontrolle. Wäre er aufgeflogen, hätte er sich wiederstandlos festnehmen lassen. In seinem Kopf schwirrten die Gedanken wie Mückenschwärme und sein Herz schlug wie ein Hammer.

Es würde eine Weile brauchen, das Erlebte zu verarbeiten.

Er dachte an seine Frau, die ihn zwar verlassen hatte, aber für die er noch etwas empfand, und an seine Tochter Marlies. Was, wenn die beiden in der Zeitung lasen, wer Dr. Mark Rieger wirklich gewesen war? Es war besser, diese Gedanken zu verdrängen.

Mark kaufte in einem der Flughafenstores eine schwarze Hornbrille mit dunklen Gläsern, dazu in einem Drogeriemarkt verschiedene Sanitärartikel und einen Kulturbeutel mit einer gelben Ente drauf. Ein paar Unterhosen, zwei Hemden und eine kurze Hose, sowie einfache Sneakers. Hinzu kam ein kleiner Rollkoffer, den er nur zur Hälfte gefüllt zur Durchleuchtung trug und als Handgepäck deklarierte.

Sorgen machte ihm der Zoll, denn mehr als 10.000 Euro durfte man nicht in ein anderes Land überführen. Er stopfte die Scheine in sein Portemonnaie, einen hinter den anderen, und als das Handgepäck durchleuchtet wurde, schwitzte er auffällig. Doch alles ging gut, niemand hielt ihn fest.

Am ganzen Leib zitternd, aber aufgeräumt und traurig gleichermaßen stieg er in den Condor-Flieger und verschlief völlig erschöpft 4 ½ Stunden den Flug nach Las Palmas.

Zwei Tage später las er in der Zeitung, dass er gesucht wurde. Er blieb sechs Tage in einer billigen Absteige, hungerte und hatte Durst, denn er hatte dummerweise nur unzureichend vorgesorgt. Er trank Leitungswasser, das schwach salzig schmeckte, woran er sich schnell gewöhnte.

Als er die kleine Wohnung mit rissigen Lippen und pochendem Magen verließ, schmückte sein Gesicht ein schattiger Bart.

Seine Haare frisierte er um und versteckte sie unter einer Baseballkappe, hinzu kam die schwere Sonnenbrille. Wenn er vor dem Spiegel stand, staunte er, wie diese kleinen Umgestaltungen sein Aussehen veränderten und war zufrieden. Er sah aus wie die meisten männlichen Touristen. Ein Mann ohne Gesicht.

Sie würden ihn niemals finden. Sie kannten seinen neuen Namen nicht. Sie wussten nicht, wie er jetzt aussah, und sie wussten nicht, wo er sich aufhielt. In Kinofilmen mochte ein genialer Schnüffler auf seine Fährte kommen, im wirklichen Leben würde die Polizei gegen die Wand starren, fluchen und sich damit abfinden müssen, dass Dr. Mark Rieger, Serienmörder und Psychopath, vom Erdboden verschluckt worden war.

Nachdem seine äußere Verwandlung gelungen war, buchte er ein Zimmer in einem 4-Sterne-Hotel in San Andreas, nahe Maspalomas.

Da er mehr zahlen musste, als hätte er über einen Reiseveranstalter gebucht, war man sehr zuvorkommend zu ihm.

»Schön, dass Sie so lange bei uns bleiben«, sagte die Frau hinter dem Empfangstresen. »Willkommen in unserem Haus, Señor Sola.«

Franco Sola ließ sich auf sein Zimmer bringen und genoss den Ausblick auf das Meer.

24

Franco Sola legte akribisch die Bücher aufeinander und strich sich die Haare aus der Stirn. Er ging vor den Spiegel, richtete seine Hornbrille, schaute, dass die hohe Stirn unter den Haaren verschwand, benetzte sie mit einem Spritzer Haarspray und tupfte sich etwas Rasierwasser auf den Bart.

Er war ein eitler und besonnener Mann, was gewissermaßen seine Lebensversicherung darstellte.

Er ging zu seinem Schreibtisch und las die Akten der letzten Therapiestunde, damit er für das Elterngespräch gewappnet war. Seit drei Tagen betreute er den Jungen, Oliver Strauss, und das Bild, das er sich gemacht hatte, würde er den Eltern erklären.

Zwar wussten sie vieles, hatten ihm davon berichtet, doch die Stunden hatten Dinge zum Vorschein gebracht, die sogar einen Mann wie Sola schockierten.

Also legte er sich schon jetzt die richtigen Worte zurecht. Was später geschah, war seine ganz eigene Sache, von denen die Eltern nichts erfahren würden. Oliver war ein Geschenk des Himmels, was er sogleich auf der verborgenen Website postete und wofür er viel Zustimmung erhielt.

Stefan Strauss und seine Frau Daniela wirkten indifferent, eine reizvolle Kombination. Menschen, die für zwei Monate ihr Land verlassen hatten, es sich leisteten, so lange in einem 4-Sterne-Hotel zu leben, jedoch weder wie Abenteurer noch wie Aussteiger wirkten, sondern wie – vorsichtig ausgedrückt – zu früh gealterte, kleinliche und hochgradig bürgerliche Wesen. Sie gehörten zur Sorte Mensch, die niemals Pickel bekamen, da die innere Reinheit auf die Haut strahlte, die auch dann bleich blieb, wenn sie der Sonne ausgesetzt war.

Franco Sola grinste. Er liebte es, in Metaphern zu denken.

Er hatte sie an der Bar des Hotels kennengelernt. Sie waren ins Gespräch gekommen. Stefan Strauss hatte den Mann mit der Hornbrille für dessen gute Deutschkenntnisse gelobt, mit seinen mangelhaften Spanischkenntnissen angegeben, dafür hatte Franco ihm kundgetan, dass er Psychologe sei und mit seinen besseren Spanischkenntnissen geantwortet. Schulkenntnisse, die ausreichten, um den Mann zu beeindrucken. Nachdem die Strauss' erfuhren, dass der freundliche Deutschspanier, der ohne Akzent sprach, ein Psychologe und Dauergast im Hotel war, baten sie ihn um Hilfe.

Er erfuhr, dass sie einen Sohn hatten, Oliver. Der Junge war seit 2 Jahren in einer Therapie und mit dem Ergebnis unzufrieden. Sie hatten ihn für die zwei Monate ihrer Abwesenheit aus der Schule genommen, was mittels eines Gutachtens des behandelnden Therapeuten möglich gewesen war. Mehr sagten sie nicht, doch Franco vermutete hinter diesen wenigen Sätzen ein Geheimnis. Und das würde er lüften.

Er sagte nur zu gerne zu. Was er bisher erfahren hatte, stachelte seine Neugier an.

Er wurde nicht enttäuscht.

Schon am nächsten Tag saß der zwölfjährige Oliver auf einem Stuhl in Francos Hotelzimmer und sie sprachen miteinander.

Es dauerte nicht länger als dreißig Minuten und Franco Sola hatte sich ein Bild gemacht.

Obwohl er sich für die Sitzungen nicht entlohnen ließ, was Herrn und Frau Strauss maßlos verlegen machte - aber man hielt im fremden Land schließlich zusammen, nicht wahr? - machte ihm die Arbeit mit Oliver Spaß. Der Junge war einmalig.

Sie begegneten sich nach dem Frühstück, Oliver war schon auf das Hotelzimmer vorgelaufen und packte alles für einen Pooltag zusammen.

Sie suchten sich eine Sitzecke in der Lobby und Franco Sola erklärte.

»Fast allem, was der deutsche Therapeut Ihnen sagte, muss ich zustimmen. Soviel die zweite Meinung, die Sie nun eingeholt haben. Den Hirnschaden Ihres Sohnes nennt man eine Proposagnosie. Sie ist so selten, dass Sie darüber bestenfalls etwas auf der US-Wikipedia-Seite finden. Stellen Sie sich folgendes vor: Um alle Einflüsse, denen wir ausgesetzt sind, aufzufassen, müsste unser Gehirn die vierfache Größe der Erdkugel haben. Hat sie aber nicht.«

Er schmunzelte. »Deshalb könnte man unser Gehirn mit einem MP3-Player vergleichen. Wir hören nur die Töne, die wichtig sind, alles andere wird unterdrückt, weshalb die Datenrate niedrig bleiben kann. Ein Beispiel: Sie sitzen auf einem Balkon und sehen täglich dasselbe Bild. Ihr Gehirn nimmt es wahr und macht sich davon ein Bild. Ab mit dem Bild in den Schrank. Wenn Sie sich am nächsten Tag erneut auf den Balkon setzen, bedient sich Ihr Gehirn an dem Bild aus dem Schrank, ohne es neu formen zu müssen, sodass andere Einflüsse aufgenommen werden können. Fällt plötzlich ein Blumentopf um, konzentriert sich das Gehirn nur darauf, also auf die wenigen Einflüsse, die anders sind, als das bekannte Bild.«

Franco überlegte, ob er noch mehr erklären sollte, und beschloss weiteres Vertrauen aufzubauen. Vertrauen durch Kompetenz.

»So ist es auch mit Gesichtern. Wir alle wollen Gesichter sehen. Sehen sie sogar in Wolken, auf Leichentüchern oder Schimmelflecken an der Wand. Jedes Gesicht wird abgespeichert, ergibt ein Bild. Und ab damit in den Schrank. Das geht so weit, dass wir eine hohle Maske auch dann als dreidimensionales Gesicht wahrnehmen, wenn wir die nach innen gewölbte Rückseite sehen. Eine Illusion. Nachdem das Gehirn sein erhabenes Gesichtsmodell aufgebaut hat, stößt es auf einen Widerspruch, sobald die Maske rotiert. Während die eine Seite der anderen Platz macht, löst das Gehirn den unvermeidlichen Widerspruch auf die einzige Weise auf, die angesichts seines hartnäckigen Beharrens auf dem erhabenen Gesicht möglich ist.«

Er machte eine kurze Pause.

Spannung aufbauen!

»Es simuliert das virtuelle Modell eines Gesichts, das ein anderes Gesicht verschluckt. Mit dem Bild aus dem Schrank.«

»Und was hat das mit Oliver zu tun?«, fragte Frau Strauss.

»Oliver hat viel weniger Bilder als die meisten Menschen und so gut wie keine Bilder von Gesichtern. Sein Schrank ist hinsichtlich dessen leer. Er würde sofort erkennen, dass die Maske hohl ist. Sein Gehirn verweigert ihm die Illusion. Manche Proposagnostiker haben so wenige abgespeicherte Bilder, dass sie ihre Welt etwa so erleben, wie man in einer Diskothek das Geschehen auf der Tanzfläche in stroboskopischer Beleuchtung sieht. Abgehackt. Erst ist das Auto weit weg, dann ist es plötzlich da.«

Frau Strauss öffnete den Mund und vergaß, ihn zu schließen.

»Oder sie sehen die Welt, als sei sie aus flachen, ausgeschnittenen Pappestücken aufgebaut. Manche erkennen einen Gegenstand nur dann, wenn sie ihn aus einem bestimmten Winkel betrachten. So gesehen, hat Oliver Glück gehabt, denn wie ich weiß, nimmt er diese Dinge völlig normal wahr.«

»Das ist ja furchtbar«, stöhnte Stefan Strauss.

»Nicht unbedingt, Herr Strauss. Nehmen wir die Synästhesie, die eine artverwandte Seelenlage darstellt. Es handelt sich dabei um eine Verwirbelung der Wahrnehmungen. Das tritt besonders dann auf, wenn der Thalamus geschädigt ist, also die Schaltzentrale im Gehirn. Stellen Sie sich das wie eine falsche Verdrahtung vor. Manchmal passiert das nach einem Schlaganfall, aber auch bei der Geburt kann es auftreten. Im Gegensatz zu Oliver haben diese Menschen Empfindungen und ob die bei Oliver nicht auch da sind, bliebe festzustellen. Ich halte es für bedenklich, ihm jegliche Gabe zur Empathie abzustreiten. In diesem Punkt bin ich mit meinem Berliner Kollegen nicht einer Meinung.«

Mache ihnen Hoffnung!

Nur so gelingt dein Plan!

Das Ehepaar Strauss lauschte interessiert und Hoffnung breitete sich auf ihren Gesichtern aus.

Offenbar hatten sie mit Oliver Dinge erlebt, über die sie niemals sprechen würden. Niemals!

»Es gibt Menschen, die zum Beispiel, wenn sie Musik hören, der Meinung sind, auf den Noten zu tanzen. Oder jemand, der Erdbeeren isst, sieht die Farbe Blau. Man spricht hier auch von kosmischen Reisen, die von vielen der Betroffenen, man glaubt es kaum, als Segen angesehen werden.«

Wie sie staunen! Wie sie lauschen ...

»Doch dafür müssen sie sich dessen bewusst sein, sonst würde sie die Verwirrung in den Wahnsinn treiben. So etwas können ganz normale Menschen auch erleben, wenn sie Drogen nehmen, vornehmlich LSD.«

Stefan Strauss verzog das Gesicht und Franco ging jede Wette ein, dass dieser Mann noch nie an einem Joint gezogen hatte.

»Also gibt es für Oliver noch eine Möglichkeit?«, hauchte Frau Strauss.

Ja, ich mache dir Hoffnung, schöne Frau!

Franco lächelte. »Eine Möglichkeit für was?«

»So wie wir zu empfinden?«

»Das wird niemals geschehen, Frau Strauss. Was aber nicht bedeutet, dass Ihr Sohn mit seinen Wahrnehmungen nicht genauso glücklich sein kann wie Sie oder ich.«

»Glücklich?«, hauchte Frau Strauss, Daniela. Es wurde Zeit, dass sie auf eine privatere Ebene kamen. Das begann mit dem Vornamen.

»Wissen Sie, Daniela, Wassily Kandinsky war Synästhetiker, der Musiker Billy Joel ist es auch. Das sind oder waren große Künstler, vielleicht eben deshalb. Oliver ist noch jung. Er liest viel, sagten Sie. Und zwar Bücher, die seinem Alter nicht gemäß sind, was Ihnen, Stefan, gut gefällt, nicht wahr?«

Stefan Strauss nickte.

»Über Harry Potter würde er vermutlich nur die Stirn runzeln. Genau das sind Dinge, auf die man aufbauen sollte, auf die ich aufbauen kann.«

»Das klingt zu schön, um wahr zu sein.«

»Nennen Sie mich Franco«, blinzelte Franco freundlich und wie nebenbei.

Frrraaanco!

Butterweich gesprochen, der Name verhieß Vertrauen.

»Ist Oliver in der letzten Zeit negativ aufgefallen?«

Zuckten die beiden zusammen? Hatte er sie auf dem falschen Fuß erwischt. Er war sich nicht sicher und suchte in den Gesichtern des Paares nach Hinweisen, Mikroeindrücke, wie sie der Mörder Uwe Caffé genannt hatte, Eindrücke, die nur ein Psychopath hatte.

»Er ist ein guter Junge«, sagte Stefan.

Franco glaubte dem Mann kein Wort. Warum lebte ein Paar mit seinem Kind für mehrere Monate als Langzeitgast in einem teuren Hotel auf den kanarischen Inseln? Das glich einer Flucht. Er würde es von Oliver erfahren.

»Mit dem letzten Beispiel wollte ich Ihnen zeigen, dass auch eine Hirnschädigung nicht unbedingt das Ende des Lebens ist. Es kommt darauf an, sich damit zu arrangieren, das Beste daraus zu machen, es vielleicht sogar als Gabe zu sehen. Und das funktioniert unter fachkundiger Anleitung, das verspreche ich. Wenn es Ihnen nichts ausmacht ...«

Das tut es nicht, sie betteln regelrecht darum, wenn auch wortlos.

»... würde ich gerne noch etwas mit Oliver arbeiten. Vielleicht zwei Stunden täglich, dann bleibt noch immer genug Zeit für Pool und Sightseeing.«

Daniela nickte dankbar.

»In Ordnung«, sagte Franco, den das Gespräch inzwischen ermüdete, weil ihn die beiden Menschen langweilten. »Dann bitten Sie Oliver heute Nachmittag gegen 16 Uhr auf mein Zimmer. Die Nummer kennt er. Ich werde bis zum Abendessen mit ihm arbeiten. Ich bin sicher, mit einem entsprechenden Training wird sich seine soziale Kompetenz vergrößern, sodass er angepasster ist. Zwar wird er schauspielern müssen, aber ...« Er verzog das Gesicht. »Tun wir das nicht alle?«

25

Franco kam am Zeitungsladen vorbei, wo verschiedene deutsche Tageszeitungen ausgestellt waren. In zwei Stunden würden sie ausverkauft sein.

Noch immer beschäftigten sich einige Zeitungen mit den Morden an zwei Schülern, einer Tat, von der er beiläufig gehört hatte, die ihn aber nicht weiter interessierte. Sein Fokus lag auf den Meldungen, die sich mit ihm und seinen Taten beschäftigten. Darauf konzentrierte er sich, der andere Kram konnte ihm gestohlen bleiben.

Ein Grund, warum er hier im Hotel wohnte, in dem gut die Hälfte der Urlauber Deutsche waren. Als Psychologe wusste er, dass der Wahrnehmungshorizont von tausend Dingen beeinflusst wurde und während der Urlaubszeit, in einem anderen Land mit anderem Klima und anderer Ernährung, verschwamm. Hier fiel er nicht auf, war nur einer von über 800 Menschen verschiedener Nationen. Falls er erkannt wurde, würde niemand darauf kommen, die Maus besäße die Chuzpe, inmitten des Schlangennestes zu verweilen. Und warum nach Deutschland telefonieren und sich die Zeit mit einem dummen Verdacht verderben?

Nein, man musste sich irren. Es gab hier so viele Menschen, die dem einen oder anderen ähnlich sahen. War das da hinten nicht ein Fernsehschauspieler? Und hatte dieser Russe nicht was von Putin, und dieser Engländer, so fremdartig unattraktiv wie die meisten von denen, war das ein Fußballer?

Nicht wenige Urlauber gaben Miturlaubern heimlich Spitznamen. Sah der nicht aus wie ein Zwerg? Und der wie Gandalf? Und den da, den mit den haarigen Armen, nannte man Affenmann.

Und wieso hatte der überhaupt so eine hübsche Frau? Oder ging da was nicht mit rechten Dingen zu? Guck mal, die beiden Schönlinge, braun wie Kakao, aber wehe, die zogen die Shirts aus, alles weiß, denn die waren den ganzen Tag auf dem Golfplatz.

Und wo waren die Braunis, die den ganzen Tag in der Sonne lagen und sich nicht einmal bewegten, er sah aus wie Heribert Faßbender und sie wie eine fette Matrone und jeden Abend tranken die beim Essen zwei Flaschen Wein, zwei! - ach, die waren wohl schon zuhause. Gut, dass wir noch ein paar Tage vor uns haben.

Im selben Moment begriff er, dass er genauso handelte und dachte. Auch sein Wahrnehmungsraster lief auf Sparflamme.

Zwei Fotos. Zwei Gesichter. Hatte er sie schon mal gesehen? Und sie ignoriert? Er guckte kaum einmal Fernsehen. Ihn langweilten die deutschen Unterklassesender, die man den Hotelgästen zumutete.

Und eines der Fotos ... aber nein ... er musste sich irren. Standen da die Namen? Der Mord war schon längere Zeit her. Aha, also hatte die Polizei die Bilder der Opfer vermutlich noch nicht veröffentlicht, aus Pietät oder so ... da war man, wie er von seiner Gerichtsarbeit wusste, sehr vorsichtig.

Franco hielt inne, schüttelte den Kopf, blinzelte und beugte sich vor. Er riss die Zeitung aus dem Ständer, was den Verkäufer dazu brachte, von seinem Stuhl aufzuspringen, weil er nichts mehr hasste, als Touristen, die die Titelseite lasen, vielleicht sogar darin blätterten, aber die Zeitung nicht kauften.

Franco spürte ein kaltes Zittern, das ihm durch den ganzen Körper fuhr. Sein Atem drohte zu stocken.

Mit dem Zeigfinger wischte er wie versessen über das kleine Foto, als könne er es ausradieren, dann blickte er auf, doch er sah nichts, denn vor seinen Augen verschwamm die Welt in einem Meer aus Tränen.

»Wollen kaufen?«, radebrechte der Verkäufer.

»Si«, stammelte Franco. »Comprar. Si, Señor.«

Während sich eisige Finger unter seine Kopfhaut zu bohren schienen, brüllte etwas in ihm, er müsse jetzt, jetzt, jetzt, unbedingt die Nerven behalten. Verriet er sich, wies alles auf ihn hin. Ein Blick auf den Namen des ermordeten Mädchens, ein vager Verdacht, er könne der Vater sein, zwar unwahrscheinlich, aber möglich, nein, nein, nein, er musste, musste, musste cool bleiben.

Alle Kraft zusammennehmen. Stark sein. Nicht weinen, nicht zusammenbrechen. Nicht schreien, jammern, heulen, am besten kalt sein wie Eis.

Er hielt sich an einer Hotelcouch fest, starkes Gewebe für die Ewigkeit, eine Ewigkeit, so unendlich, wie die Ewigkeit, die Marlies nun schlafen würde, für immer schlafen. Aus den Augenwinkeln nahm er wahr, dass der Mord nicht aktuell war. Sondern schon länger her und er war nicht bei der Beerdigung gewesen, nicht bei Gabi, nicht bei seiner Mutter. Er war nicht nur ein verdammter Mörder, sondern auch ein Mensch, der sich aus seiner Verantwortung stahl.

Als er bezahlte, mit bebenden Fingern, verkrampft lächelnd, und als er in den Fahrstuhl stieg, als er den Knopf nach oben drückte und die Glaswand anhauchte, während die Tränen zu laufen begannen, begriff er, dass ihn die Strafe für seine Vergehen ereilt hatte.

26

Nachdem Will zwei Tage vergeblich versucht hatte, Herrn oder Frau Strauss daheim anzutreffen, fuhr er zum Schiller-Gymnasium.

Im Schulsekretariat erfuhr Will Prenker, dass Oliver Strauss vom Unterricht freigestellt worden war. Einzelheiten teilte man ihm nicht mit, aber die freundliche Sekretärin nahm an, es sei wegen der Morde. Vermutlich leide der freundliche Junge zu sehr darunter. Er war für zwei Monate freigestellt und würde die Klasse, wenn es sein musste, wiederholen. Na und? Die Hauptsache war, es ging ihm bald besser und er würde das Schulgelände wieder ohne Angst betreten.

Um Haaresbreite hätte Will gelacht. *Wenn ihr wüsstet!*

Es dauerte zwei Stunden und er erfuhr, dass die Familie Strauss verreist war.

Wohin, fragte sich Will, der nun sicher war, keiner fixen Idee aufzusitzen.

Die Nachbarn gaben bereitwillig Auskunft. Zwar kenne man die Familie Strauss hier in Grunewald noch nicht so lange, aber es war bei einem Straßenfest davon die Rede gewesen, sie würden jährlich nach Gran Canaria reisen.

Gran Canaria!

Nun kam Elvira Kreidler ins Spiel und am Ende des Tages hatte sie herausgefunden, dass die Familie Strauss tatsächlich einen Flieger nach Las Palmas genommen hatte. Sogar die Menge des Gepäckes konnte ermittelt werden, fast 20 Kilo Übergewicht.

»Die planen einen längeren Aufenthalt«, sagte Will.

Elvira nickte und nippte an ihrem Mineralwasser. »Um ehrlich zu sein, kam mir deine These ziemlich weit hergeholt vor, aber nun glaube ich auch daran.«

»Ich würde gerne mit dem Arzt reden, der die Freistellung attestiert hat.«

»Den Namen bekommst du nur, wenn wir offiziell werden«, sagte Elvira. »Zumindest muss das Attest Hand und Fuß haben. Die Schulbehörden sind strenger denn je.«

»Und das ist jetzt unmöglich? Noch nichts Offizielles?«

»Ich glaube nicht, dass wir einen richterlichen Beschluss bekommen. Noch nicht«, gab Elvira zurück. »Es könnte alles ein großer Zufall sein. Wenn sich das herausstellt, wird man mich nackt am Brandenburger Tor erschießen.«

»Also reise ich auf die Insel«, stellte Will fest.

Sie stand auf, kam um den Tisch und küsste ihn.

Nach einer langen Nacht voller Liebe, Schweiß und geflüsterten Schwüren hatte Will sich gefragt, wieso er so kurze Zeit nach Janines grausamen Tod in der Lage war, erneut eine Beziehung zu einer Frau einzugehen.

Elvira hatte ihm das Argument aus dem Mund geküsst. »Deine Seele braucht Ruhe. Du musst die schrecklichen Dinge vergessen. Und dagegen hilft am besten guter Sex.«

Viel mehr schien sie nicht zu wollen, was Will nicht Unrecht war. Für eine enge Liaison war er noch nicht gerüstet.

Hatte er mit Janine je mehr gehabt als Sex?

Männlein und Frauchen hatten sie gewiss nicht gespielt.

Hand in Hand waren sie nie gegangen.

Je älter Will wurde, desto anstrengender schienen ihm Beziehungen zu werden.

Es fehlte das entspannte Gefühl zu einem Verhältnis, welches jederzeit wieder enden konnte. Dann vermisste er seine viel zu früh tödlich verunglückte Veronika und das Kind, das sie in sich getragen hatte. Wäre das nicht geschehen, wäre sein ganzes Leben in anderen Bahnen verlaufen.

»Schau nicht so traurig, schöner Mann«, lächelte Elvira, die sich als erstaunlich anschmiegsam und liebesbedürftig erwiesen hatte. »Gehe nach Gran Canaria, schnapp die Familie Strauss, hole dir einen knallharten Beweis und ich lasse die Kavallerie ausrücken. Ihr Sohn kommt in die Psychiatrie und die Eltern bitten wir zum vertraulichen Gespräch und schließlich wegen Mithilfe vor Gericht.«

Will knurrte ungehalten. »Und wer zahlt?«

»Wir werden klammheimlich rauszukriegen versuchen, wo die Familie Strauss sich aufhält. Das dürfte eine Sache von ein oder zwei Tagen sein. In dieser Zeit suche dir einen Flieger. Die Rechnung bezahlen wir. Wie du sicherlich noch weißt, haben wir dafür einen kleinen Topf, den die böse Hexe im Knusperhaus vergraben hat.«

Es klopfte und Elvira löste sich von Will.

Lotte Crommer streckte den Kopf zur Tür hinein. »Frau Kreidler«, wisperte sie. »Der Oberstaatsanwalt.«

»Schon wieder?«

»Ja, er wartet.«

»Mist!«

Die Tür schloss sich und Will fragte: »Er macht dir Probleme, nicht wahr?«

»Rausschmeißen können sie mich nicht, aber sie könnten mich zum Wachdienst nach Timbuktu abkommandieren oder so. Und wie es aussieht, wäre Timbuktu noch das Paradies. Mich würde nicht wundern, ich lande in einem Kellerbüro, mit einem warzigen alten Polzisten als Aufseher, der mit rostigen Ketten klimpert.«

Will grinste. Die Frau hatte Nerven ... und Humor.

»Also gut. Agent Rumpel wird tun, was er kann. Wenn es der Strauss-Sohn war, habe ich ihn in Nullkommanix und du darfst die Pressekonferenz leiten und die Lorbeeren einsacken. Ich hole mir meine Belohnung dann mit Buch Nummer zwei.«

»Verschwinde endlich«, sagte sie.

»Aye.«

Als er das Büro verließ, wäre er fast mit dem Bauch des Staatsanwaltes kollidiert, dessen Blick er im Rücken spürte wie einen Giftpfeil.

27

Franco staunte, dass er sich voll und ganz auf Oliver konzentrieren konnte. Die Nachricht vom Tod seiner Tochter lag zwar wie eine Eisschicht auf seinem Körper, doch innerlich war er warm, leidenschaftlich und neugierig.

Mit Marlies' Tod würde er sich später konfrontieren.

Sie saßen sich gegenüber, ganz entspannt, während von unten Poolgeräusche ins Zimmer drangen. Die Klimaanlage rauschte leise, alles war aufgeräumt und sauber.

»Würdest du mir eine Frage beantworten wollen?«, fragte Franco.

»Na klar«, antwortete Oliver.

Er sah nicht aus wie ein Zwölfjähriger, sondern wirkte wenigstens drei Jahre älter. Er war schlank, mindestens einssiebzig groß, von filigranem Wuchs, ein schmales, freundliches Gesicht mit femininen Zügen und langen, glatten Haaren, in denen sich die südliche Sonne golden brach.

Bemerkenswert waren die hellblauen Augen, die wie Eis schimmerten. Nichts an dem Jungen, der kein Kind mehr war, wies auf die seelische Verhärtung hin, die ihm sein Gehirnschaden beschert hatte.

»Was würdest du ganz besonders gerne tun?«

»Schwimmen gehen, im Wasser plantschen.«

»Rede keinen Unsinn. Ich meine, wenn du etwas tun dürftest, das sonst niemand darf.«

Oliver überlegte, dann wurden seine fein geschwungenen Lippen zu einem Strich. »Ich würde gerne sehen, wie ein Mensch von innen aussieht.«

»Es gibt Bücher.«

Franco kannte die Antwort, doch er wollte sie hören. Oliver war das, wozu die Briefe von Kussmund Mark Rieger, der jetzt Franco Sola hieß, gemacht hatten. Ein grausamer Mensch, dessen Empathie bei Null lag. Das Paradebeispiel eines Mörders. War Oliver das bewusst? Hatte der Junge schon getötet?

»Ich möchte ihn selbst aufschneiden und nachschauen.«

Franco lächelte, als sei diese Antwort ganz selbstverständlich.

»Und?«

»Am liebsten wäre mir, der Mensch würde dabei noch leben.«

Nun musste Franco doch schlucken. Vor allen Dingen zeigte Oliver keine Regung, sogar sein Blick änderte sich nicht. Wollte er ihn provozieren, mit dieser Antwort aufs Glatteis führen und austesten? Das taten Klienten gerne. Mal schauen, was mein Therapeut erträgt, hahaha.

»Warum würde dir das Freude machen?«

»Ich hätte daran keine Freude.«

»Und warum willst du es dann?«

»Weil ich es kann.«

Liebe Güte, das hatte auch Uwe Café gesagt, ein Psychopath und Mörder, den Franco analysiert hatte. *Weil ich es kann!*

»Hast du das schon einmal versucht? Bei einem Tier?«

Oliver stutzte und wand sich unvermittelt auf seinem Stuhl.

»Wenn ich dir helfen soll, musst du mir das sagen.«

»Ich will eigentlich keine Hilfe. Das wollen meine Eltern. Nur ihnen zuliebe bin ich hier.«

»Dann sage es mir trotzdem.«

»Ich habe eine Ratte zerschnitten, die noch lebte.«

»Wic alt warst du da?«

»Sechs oder sieben. Ich weiß es nicht mehr genau.«

»Und danach? Hast du so etwas wiederholt?«

Und wieder die seltsam verdrehte Körpersprache, die von einer Lüge zeugte. »Nein, nie wieder.«

»Das glaube ich dir nicht.«

»Mir ist scheißegal, was Sie mir glauben.«

»Warum bist du so unfreundlich zu mir, Oliver? Ich bin dein Freund, auch wenn du das noch nicht weißt. Du darfst mich duzen und mich Franco nennen.«

»Sie haben einen lächerlichen Namen. Sie sind kein Spanier.«

»Wollen wir uns streiten oder miteinander reden?«

Oliver lächelte, doch es war nur eine Mimik. »Okay, also Franco. Klingt wie aus einem Italowestern.«

»Zwölfjährige kennen Italowestern?«

Oliver nickte und strahlte unvermittelt so etwas wie Begeisterung aus. »Oh ja. Clint Eastwood. Ich habe alle Western von Sergio Leone auf DVD gesehen. Wenige Worte. Gesichter, immer wieder Gesichter in Großaufnahme und zuckende Münder und Augen, große Augen. Schweiß auf der Haut, regungslos, eine Fliege auf der Stirn, na und? Alles im Blick, unter Kontrolle. Tolle Bilder.«

»Gesichter, aha. Und was siehst du in ihnen?«

»Das ist schwierig, denn sie wirken stets neu auf mich. Ich liebe das, denn es ist immer wieder überraschend. Aber ich erkenne Eastwood.«

Franco wurde nun wirklich neugierig.

»Ich erkenne Eastwood an der Kleidung und an seinen Bewegungen. Ich mag diese Filme wegen der Gesichter und der Stille. Da gibt es einen, der heißt Charles Bronson. Der guckt zehn Minuten in die Wüste, ohne einmal zu blinzeln. Er wartet an einem Bahnsteig. Und er wartet und wartet. Ohne sich zu bewegen. Und er guckt. Immer das Gesicht. Ich möchte es am liebsten malen, um es mir zu merken. Das sind Männer, die dann töten, wenn es notwendig ist. Und sie tun es, ohne eine Regung zu zeigen.«

»Aber sie haben einen Grund, wenn sie jemanden abknallen.«

»Na und? Ich glaube nicht, das man immer einen Grund braucht.«

»Warum sonst sollte man es tun?«

»Um zu zeigen, dass man der Stärkere ist. Die meisten Menschen haben Angst davor. Wenn aber jemand kommt, der tötet, wie er es will, beweist er, wie stark er ist. Jeder fürchtet sich vor dem Mörder, denn er hat Macht.«

»Und Macht gefällt dir?«

»Ihnen ... sorry, *dir* nicht?«

Klug gemacht, kleines Monster!, dachte Franco.

»Ja, auch mir gefällt die Macht.«

»Na also.«

Oliver blickte drein, als frage er sich, was der dämliche Dialog sollte. War doch eh alles klar, oder?

»Gibt es Dinge, die du besonders gerne machst?«

»Hab ich doch schon gestern gesagt. Ich koche gerne.«

»Kochen, aha.«

»Ich liebe Fleisch und ich mag Gemüse. Daraus zaubere ich schöne Gerichte. Ich gucke Kochsendungen und koche Rezepte nach. Das ist Kunst, weißt du? Echte Kunst. Jeder meint, er könne ein Rezept nachkochen, aber da brauchst du mehr als nur einen Messbecher.«

»Ein schönes Hobby. Das freut deine Eltern bestimmt sehr?« Franco musste aufpassen, nicht in eine kindliche Dialektik zu fallen. Es war verlockend, den Jungen zu unterschätzen.

»Ich möchte gerne Koch werden.«

Franco jubilierte innerlich. Das ergab ganz neue Möglichkeiten. *Ungeahnte* Möglichkeiten! Strahlend sagte er: »Würdest du etwas für mich kochen?«

Oliver verzog das Gesicht. »Wo denn? Hier im Zimmer? Hier sind überall Rauchmelder.«

»Nein, nicht hier. Später erst. Ich kenne in Berlin einen Spitzenkoch, der sich über einen Gehilfen freuen würde. Ist zwar nur für einen Tag, aber besser als nichts. Ich könnte mir vorstellen, mit dir nach Berlin zu fliegen, um dich ihm vorzustellen.«

Oliver strahlte. Und erneut fragte sich Franco, ob der Junge tatsächlich keine Empathie hatte. Gab es so etwas überhaupt? Null Mitgefühl? Ja, das gab es.

Oliver freute sich über die Perspektive.

Dennoch würde er eiskalt bleiben, wenn Franco sich vor seinen Augen einen Zeh abschnitt.

»Wann fliegen wir?«

»Langsam, langsam, Oliver. Zuerst müssen wir uns noch besser kennen lernen. Außerdem weiß ich nicht, was deine Eltern dazu sagen. Auch sie sollten mich besser kennenlernen. Schließlich vertraut man seinen geliebten Sohn nicht einem fremden Mann an.«

»Du bist kein Fremder!«

Nein, ich werde dein Gepetto sein und dich schnitzen, aber ohne eine verräterische Nase!

»Wir könnten interessante Dinge miteinander tun und erleben, Oliver. Aber dafür brauche ich dein Vertrauen. Es könnte sein, dass du von mir Geheimnisse erfährst. Wer garantiert mir, dass du sie für dich behalten kannst?«

»Ich kann das!«, sagte Oliver geradeaus.

Ja, du kannst das. Ich weiß!

»Beweise es mir.«

»Wer ist der Spitzenkoch? Einer aus dem Fernsehen?«

»Ja, aus dem Fernsehen. Aber zuerst ...«

»Ich weiß. Ein Geheimnis.«

»Okay, du willst es mir beweisen. Was tun deine Eltern nach dem Abendessen?«

»Sie schauen sich die Hotelshow der Animateure an.«

»Und du?«

»Mich ödet das an, ich lese im Zimmer.«

»Heute nicht. Heute Abend triffst du dich mit mir.«

»Und warum?«

»Lass dich überraschen.«

28

Franco war leicht angetrunken, als er sich mit Oliver traf. Ihn schüttelte die Trauer um seine Tochter und die Gewissheit, nichts tun zu können, gar nichts. Außerdem sorgte er sich um Gabi. Würde sie das nächste Opfer des Racheakts sein? Sollte er sich stellen, um sie zu retten?

Er hatte den Telefonhörer angestarrt und überlegt, die Polizei anzurufen.

Alles hätte ein Ende.

Ein Ende!

Nach einem weiteren Glas Wein bäumte er sich auf.

Nein, noch kein Ende. Auf ihn wartete in Berlin eine Million Euro. Passkontrollen waren nicht zu erwarten, wunderbare EU. Er würde seinen Job erfüllen und danach weitersehen.

Stellte er sich dann, war Gabi bis an ihr Lebensende versorgt und konnte sich Leibwächter leisten.

»Hallo Franco!« Oliver wirkte aufgeräumt.

»Hi Oliver!«

»Papa und Mama sind in der Bar.«

»Dann haben wir Zeit?«

»Mindestens zwei Stunden.«

»Dann komm mit mir.«

Franco tastet nach seiner Gürteltasche. Er hatte alles dabei. Hammer, Nägel, Handschuhe. Er führte den Jungen hinter das Küchengebäude, wo Gäste keinen Zutritt hatten. Er kannte jeden Flur, jede Gasse, jeden Schlupfwinkel der großen Anlage, denn er vergewisserte sich stets eines Fluchtweges. Man konnte nie wissen.

Und so hatte er den Ort entdeckt.

Jeden Tag trafen sich hier mindestens fünf oder sechs Hotelkatzen, die sich an den Überresten des verschwenderischen Buffets labten. Sie waren satt und zutraulich.

»Hui, alles voller Katzen«, sagte Oliver.

»Nimm dir eine davon und komm mit «, wies Franco den Jungen an.

Oliver suchte sich eine kleine, graugestreifte Katze aus, die sich wohlig in seinen Arm kuschelte und deren Schnurren klang wie ein Elektromotor. Oliver folgte seinem Therapeuten.

Franco hatte einen Platz entdeckt, wo er sich im Notfall verstecken konnte. Keine Türen und Fenster, ringsherum Müllcontainer, Mauern und alles verdeckende Bougainvillea. Kein Mensch weit und breit.

»Was hast du vor?«, fragte Oliver.

Franco zog aus seiner Gürteltasche ein Taschenmesser. Er klappte es auf. »Ganz neu, Schweizer Qualität. Die Klingen sind scharf wie Rasiermesser.«

Oliver starrte ihn mit großen Augen an.

»Ich will, dass du die Katze tötest und nachschaust, wie es in ihr aussieht.«

»Ein komisches Geheimnis«, sagte Oliver, keinesfalls verschreckt.

»Es ist nur eine von vielen Katzen. Man tötet sie sowieso, wenn es zu viele werden.«

»Und das darf ich tatsächlich?«

Bei Gott, der Junge denkt, ich tue ihm einen Gefallen!

»Ja, das darfst du.«

»Sie wird kreischen und mich zerkratzen.«

»Wird sie nicht. Das wäre fatal. Wie sollten wir das deinen Eltern erklären?«

»Also wie mache ich das?«

»Siehst du die Holzplatte dort?«

»Ja.«

»Ich habe, bevor es Abendessen gab und nachdem die Sonne untergegangen war, alles besorgt, was wir benötigen. War gar nicht so einfach, aber für gute Gäste tun die hier alles, ohne zu fragen.«

Oliver sah ihn an. Wissbegierig. Lernbereit.

»Ich helfe dir, die Katze auf die Holzplatte zu nageln. Das wird ziemlich anstrengend, aber wir kriegen das hin. Jeweils einen Stahlnagel durch die Pfoten und sie ist fixiert. Und dann darfst du nachschauen. Später werden wir sie in einem der Müllcontainer verstecken.«

Ich erfülle ihm einen Herzenswunsch!

»Alles klar!«

»Legen wir die Katze auf den Rücken. Sie wird sich wehren, aber ich habe dicke Handschuhe dabei, mit denen ich, wenn ich sie mit dem Rücken gegen das Holz drücke, gut geschützt bin. Also?«

Oliver nickte. Trotz der Dunkelheit sah Franco die Augen des Jungen glühen.

Franco nahm die Katze entgegen und tat, als wolle er ihren Bauch kraulen. Wohlig zappelte das Tier mit den Beinen, dann drückte er zu, so fest er konnte. »Beeile dich!«

Und Oliver funktionierte. Funktionierte ganz erstaunlich. Einen Nagel, den Hammer, ein Bein und die Pfote, auf das Holz gedrückt, den Nagel in das Fleisch, die weit ausgefahrenen Krallen missachtend, und ein Schlag mit dem Hammer.

Wumm!

Und noch einmal.

Wumm!

Franco stöhnte, so sehr wehrte sich das kreischende Tier. Die Beine zuckten, der ganze Körper stand unter Spannung, der Schwanz schlug wild hin und her. Das Maul war weit aufgerissen.

»Jetzt das schräg gegenüberliegende Bein, damit sie fixiert ist«, ächzte Franco. »Ich kann sie nicht mehr lange halten. Vergiss nie, sie hat neun Leben.«

Oliver war schon dabei und dumpf hallte sein Hammerschlag durch die Dunkelheit.

Wumm! Wumm! Wumm!

Nicht laut genug, um das Wumm! Wumm! Applaus! der Abendshow zu übertönen.

Dann ging alles ganz schnell. Oliver zögerte nicht eine Sekunde und schon war das Tier auf das Brett genagelt. Es krümmte sich, Kot rann aus seinem After, Urin spritzte, der Kopf schien nur noch ein weites Maul mit großen Zähnen zu sein. Ihr Kreischen war markerschütternd, ähnelte jedoch fatal dem einer rolligen Katze bei Vollmond. Niemand würde sich darum kümmern.

Franco reichte Oliver das Messer.

»Entscheide, ob sie es spüren soll oder ob du sie vorher ruhig stellen willst.«

Oliver sah Franco an.

Danke Gepetto!

»Sie soll es spüren.«

29

Für den nächsten Tag hatte Franco sich etwas ganz besonderes ausgedacht.

Nachdem das Nachmittagsgespräch sie noch näher zueinander gebracht hatte, trafen sie sich erneut nach dem Abendessen.

Diesen einen Test musste Oliver noch bestehen. Dann würde Franco wissen, ob der Junge bereit war, ob der ihm helfen würde, eine Million Euro zu verdienen. Den Jungen hatte ihm das Schicksal geschickt. Offenbar hatte sich Oliver, abgesehen von Streitigkeiten mit Mitschülern, noch nie an einem Menschen vergriffen.

Mit dem Taxi fuhren sie in die Stadt.

Vor einer Seitenstraße ließen sie sich absetzen. Wie immer staunte Franco über die niedrigen Taxipreise. Hier lohnte sich ein eigenes Auto nicht.

»Wo sind wir?«, wollte Oliver wissen.

»Bevor wir tun, was ich geplant habe, möchte ich mit dir reden. Komm, wir setzen uns dort drüben auf die Bank.«

Sie taten es und Franco sagte: »Wir sind uns sehr ähnlich, weißt du das?«

»Das wusste ich von Anfang an.«

»Ach ja?«

»Du bist so wie ich. Jedenfalls so ähnlich.«

»Was bringt dich auf diesen Gedanken, Oliver?«

»Die Art, wie du sprichst. Deine Zielstrebigkeit. Du erinnerst mich an Romanowitsch Raskolnikow.«

»An wen?«

»Schuld und Sühne.«

»Ach ja ...«

»Du wirkst so, wie Raskolnikow das ganze Buch über ist.«

»Und wie ist er?« Franco wusste es ganz genau.

»Getrieben. Ein Mann, der ein schlechtes Gewissen hat. Er hat eine Laus getötet, eine alte Frau. Einfach nur, um zu erleben, wie das ist, um es zu spüren, um seinem armseligen Leben einen Sinn zu geben. Aus reiner Neugierde. Doch danach bringt ihn sein schlechtes Gewissen fast um. Er wird von einem Polizisten gejagt. Ein krasser Typ. Hat was von diesem alten Fernsehkommissar, Colombo oder so. Der mit dem alten Mantel, der sich immer umdreht, weil er noch was vergessen hat. Sofia Semjonowna, ein gläubiges Mädchen, rät Raskolnikow, sich zu stellen, damit er endlich wieder ruhig schlafen kann, denn der Mörder wird fast wahnsinnig. Er stellt sich und wird verurteilt. Mir scheint, Dostojewski hatte sich noch eine Fortsetzung gedacht, aber ich wüsste nicht, das es die gibt.«

»Nein, die gibt es nicht. Schade.«

»Na ja, jedenfalls geht es in dem ganzen Buch darum, wie ein Mann mit seinem Gewissen ringt. Das fand ich sauspannend und sehr modern geschrieben.«

»Es ist einer der besten Romane aller Zeiten.«

»Ich hatte den Eindruck, Dostojewski hätte den Roman nur für mich geschrieben. Aber wenn ich dich betrachte, wenn ich dich erlebe ... du bist wie Raskolnikow.«

Oliver hatte Mark Rieger durchschaut.

Hatte ihn auf den Punkt analysiert.

Verdammt, welchen IQ hatte der Bursche? Er war erst zwölf, knapp dreizehn!

»Sag, Oliver ... Hast du ein schlechtes Gewissen?«

»Weiß nicht.«

»Gibt es Dinge, für die du ein schlechtes Gewissen haben solltest?«

Oliver blickte den Mann an. »Ja.«

»Willst du darüber reden?«

»Hab ich doch schon.«

»Und das ist alles?«

»Was hast du heute mit mir vor?«

Franco begriff, dass er vorsichtig sein musste. Wenn Oliver sich verschloss, war es um seinen Plan geschehen. Früher oder später würde der Junge sich ihm offenbaren. Es war nur eine Frage der Zeit. Oder er fragte seine Eltern. Vielleicht konnten die ihm weiterhelfen, was er jedoch bezweifelte.

»Na gut. Siehst du diese Seitengasse?«

»Ja.«

»Dort leben ein paar Penner.«

»Na und?«

»Einen davon knöpfen wir uns heute vor.«

»Ausrauben?«

»Nein, Oliver.«

Sie schwiegen sich an und Franco sah, dass der Junge begriff.

»Aber der hat mir nichts getan.«

Ein Gewissen? Oliver besaß ein Gewissen?

»Mir auch nicht. Aber wenn man etwas ganz besonders will, zum Beispiel kochen lernen bei einem Fernsehkoch, muss man über seinen Schatten springen.«

Oliver zögerte. »Das mit der Katze war schlimm, oder?«

»Oh ja, das war es.«

»Sie hat ganz jämmerlich geschrien.«

»Das hat sie.«

»Ich hatte Angst, man wird auf uns aufmerksam.«

Fast hätte Franco gelacht. Also darum ging es? Nicht darum, wie die Katze gelitten hatte, sondern lediglich darum, sicher zu sein.

»Du hast Angst, man erwischt uns?«

»Könnte immerhin sein.«

»Stimmt, Oliver. Aber ich habe alles gut geplant. Derzeit sind noch alle in den Hotels und essen. Außerdem gibt es hier nur wenige Anwohner und die kümmern sich nicht um das, was in den dunklen Gassen geschieht.«

»Okay. Also?«

»Legen wir los, Oliver.«

Sie beeilten sich.

Franco sprang den alten Penner an. Der stank nach Schnaps und rollte sich grunzend auf seiner Decke zusammen. Weiter weg gab es Kommentare, doch niemand kümmerte sich um den Mann und den Jungen, die nur als Schemen zu erkennen waren. Vielleicht hatte der alte Pedro Besuch von seiner Familie? Von seinem Enkel vielleicht?

»Tue es!«

Heute hatte Franco ein Kochmesser in seiner Gürteltasche. Er hatte es in einem Supermercado gekauft.

Oliver schnappte sich die Waffe und stach zu.

»In den Hals. Dann geht es schneller.«

»Okay!« Oliver stach in den Hals, mechanisch fast, wie ein professioneller Schweineschlächter. Der Penner grunzte, zuckte und verblutete auf der Stelle. Das Blut pumpte in seinen speckigen Mantel. Er konnte nicht mehr um Hilfe rufen und an Flucht war nicht zu denken.

»Sehr gut, Oliver!«

So werde ich den Mörder meiner Tochter töten. Aber ich werde mir Zeit lassen. Er wird nicht einfach verbluten, er wird leiden, lange leiden.

»Fertig?«

»Nicht ganz. Schneide ihm die Hand ab.«

Ich werde dem Mörder meiner Tochter die Hand abschneiden, aber bei lebendigem Leibe. Ich werde ihn Stück für Stück auseinander schneiden, bis er vor Schmerzen wahnsinnig wird!

»Aber ...«

»Tue es!«, zischte Franco.

Oliver schnappte sich die schmutzige Hand und begann zu sägen. Als er auf den Knochen traf, sagte Franco: »Das genügt. Nun weißt du, wie schwer es ist, Gliedmaßen abzutrennen. Lass uns verschwinden.«

Und das taten sie. Wie Schatten in der Nacht.

30

Noch nie in seinem Leben hatte Oliver so viel Spaß gehabt wie mit Franco Sola. Der Mann begriff ihn, viel mehr, als Papa oder Mama es taten. Außerdem war er mutig und tat Dinge, die Papa und Mama niemals vollbracht hätten. Franco Sola war in sein Leben getreten wie ein Zwilling, nach dem er schon Zeit seines Lebens gesucht hatte. Ein Mensch, der begriff, wie wichtig es für Oliver war, seine Möglichkeiten auszuloten. Ein Mensch, der begriff, wie anders er war.

Oliver fragte sich hin und wieder, ob er sich schämte, anders zu sein.

Er wusste, dass sich manche Dinge im Leben nie änderten und fürchtete, für immer der zu sein, der er war.

Also würde er lernen müssen, damit zu leben, es zu akzeptieren. Und Franco Sola half ihm dabei.

Niemals hätte Franco von ihm verlangt, dumme Dinge zu tun, die andere Kinder so toll fanden. Franco forderte nicht, er solle sich verhalten, so sein, wie ein Zwölfjähriger eigentlich war.

Franco nahm ihn ernst.

Obwohl Papa und Mama ihn liebten, hatten sie ihn nie ernst genommen. Stattdessen erdrückten sie ihn mit ihrer Liebe und der Furcht, jemand könne erfahren, was sich hinter den biederen Mauern des Eigenheimes abspielte. Zwei Morde hatte Oliver begangen. Das genügte, um für den Rest seines Lebens hinter Gitter zu kommen, obwohl er es nicht wirklich glaubte. Schließlich wusste man nicht von Kindern, die im Gefängnis waren. Aber was würde mit einem wie ihm geschehen?

Vermutlich hatte Papa recht, wenn er fürchtete, sein Sohn würde hinter den Mauern einer Nervenheilanstalt verschwinden, so etwas wie das Arkham Asylum vielleicht, wohin Batman die schizophrenen Verbrecher brachte, ein Pfuhl des Wahnsinns mit düsteren feuchten Gängen und brutalen Wärtern.

Franco würde auf ihn aufpassen und dafür sorgen, dass ihm nichts geschah.

Franco liebte ihn nicht, und das war gut so. Liebe war für Oliver ein Begriff, den er zwar zu ergründen versucht hatte, aber dessen Kern er nicht fand. Diejenigen, die liebten, schienen damit sehr glücklich zu sein, zufrieden, ausgeglichen.

Und doch waren sie Narren und was half ihnen ihre Liebe, wenn sich eine Klinge in ihren Hals bohrte? Wo waren ihre Gedanken, bevor die Augen brachen? Was hatte Lars empfunden, als er Oliver anschaute, während das Blut aus ihm sprudelte?

Hatte er daran gedacht, wie oft er Oliver einen Knochen genannt hatte? Wie oft er dafür gesorgt hatte, dass Oliver stets als Letzter in eine Mannschaft gewählt worden war? Der immer am lautesten gelacht hatte, wenn Oliver den Bocksprung nicht schaffte und wie ein müder Frosch darauf sitzen blieb, den Blicken seiner Mitschüler ausgesetzt wie ein gelähmtes Ungeheuer.

Sollten sie sich ihre Liebe in den Arsch stecken oder wer weiß wohin.

Franco liebte nicht.

Er musste ein schlimmes Schicksal erlebt haben, um so zu werden, wie er war. Genau das fand Oliver sympathisch.

Franco konnte der erste wahre Freund sein, den er jemals gehabt hatte.

Niemand der forderte, sondern jemand der begriff.

Ein einsamer Raskolnikow, der vor etwas davonlief und seine Erfüllung darin fand, einen Jungen, der *anders* war zu fördern.

Nichts wollte Oliver mehr, als diesen geheimnisvollen Kochkurs in Berlin zu besuchen. Einen Fernsehkoch. Das wäre was. Vielleicht würde er diese düsteren Dinge vergessen, wenn er ganz und gar in Rezepten, Gerüchen und Geschmack aufging?

Es gab keinen Kompromiss. Entweder er war, wie die Natur ihn gemacht hatte, oder nicht. Dazwischen gab es keinen Raum für Eventualitäten. Und genau das hatte Franco begriffen.

Er versuchte nicht, wie David Normann es getan hatte, mit ihm Brettspiele zu spielen. Er versuchte nicht, Steine aufeinander zu setzen, um abzuwarten, wie hoch sein Aggressionspotenzial war, wenn der Turm einstürzte, nein, Franco ging mit ihm und tötete.

Tat das, wofür Oliver sich geboren glaubte.

Er war kein Mörder, nein, das war er nicht. Er war ein Erlöser. Einer, der den Suchenden die ewige Dunkelheit schenkte.

Es war so einfach.

Vielleicht sollte er Franco endlich von den Morden erzählen. Vor allen Dingen von dem Mädchen aus der Oberstufe, das zufällig an den Tatort gekommen war, ein hübsches Mädchen, das er nicht hatte töten wollen. Verdammt! Sie hatte es nicht verdient gehabt.

Aber er war nicht Raskolnikow. Er würde sich nicht stellen und für Jahre ins Strafgefangenenlager gehen, abgesehen davon, dass er kein Mädchen hatte, das ihn begleitete, wie in Dostojewskis Roman.

Wenn es ein Beispiel für Olivers Empfindung gab, waren es Anakin Skywalker und Obi-Wan. Er lauschte dem Meister und würde ihm folgen. Er würde Papa und Mama verlassen, denn er hatte seine Erfüllung gefunden.

Endlich war er Oliver Strauss.

Begriff jemand, wie einsam er gewesen war?

Begriff jemand, wie oft er sich gewünscht hatte, weinen zu können?

Wie viel hatte er über Menschen gelesen, die bei schöner Musik weinten.

Bei einem Film weinten.

Die trauerten.

Die nicht nur aus Trauer, sondern auch vor Freude weinten.

Alles das konnte er nicht.

Und schließlich brauchte er Bronsons Gesicht, um sich in diese Welt einzuordnen. Brauchte die staksige Motorik eines Eastwood, um zu erkennen, wer wie war. Denn bei diesen Bildern war sogar ihm alles klar. Leones Filme waren nur für ihn gemacht. Filme mit Gesichtern.

Er war jahrelang neidisch gewesen.

Auf die normalen Leute. Sie waren ihm vorgekommen wie Wesen aus dem All, denn sie ergötzten sich an Dingen, die Oliver so fern waren, weit entfernt wie die Sterne. Voller kühler Verzweiflung hatte er Dickens gelesen, selbstverständlich auch *Oliver Twist*, denn schließlich hatte der Held denselben Namen wie er. Er hatte jene Stellen aufgespürt, die grausam waren, die Seiten, bei denen man weinen sollte, bei denen die *anderen* weinen würden. Er hatte mit Oliver gelitten, doch nicht so, wie Oliver selbst gelitten hatte.

Er hatte gedacht: Schneide Sikes endlich die Kehle durch, du Idiot!

Und begriffen, dass das nicht die Aussage des Romans war. Dieser Oliver war ein Kind. Ein dümmliches, sanftes Wesen, voller reiner, kristalliner offener, ehrlicher Liebe und auf der Suche nach Gerechtigkeit.

Er hatte in keiner Sekunde mitgefühlt.

Das war grausam gewesen. Das war schlimmer gewesen als der Vater, der ihn mit einem Gürtel verprügelt hatte. Schlimmer, als alles in seinem Leben, furchtbarer als Blut, dass aus einer Kehle strömte.

Denn er begriff, dass er alleine war.

Ein Alien.

Dann wollte Oliver aufspringen und schreien: Ich bin doch nur ein Kind! Ich will so sein wie andere Kinder! Und obwohl er nur eine schwache Begrifflichkeit von Selbstmitleid hatte, wollte er rufen: Habt mich doch lieb! Begreift mich! Wenn Gott alle Menschen machte, wie es ihm gefiel, habe auch ich einen Stellenwert!

Nein, ein Kind war er nicht. Er war ein Ausgestoßener.

Ein Freak!

Und so endete sein Neid, denn ihm blieb nicht anderes übrig - und er fand sich ab.

Bis zu dem Tag, an dem er Franco Sola kennen lernte.

Denn nun wusste er: Er war nicht alleine!

Mutmaßlich würden die anderen, die ganz normalen Menschen sagen, er sei verliebt. Sollten sie so denken. Vielleicht hatten sie sogar Recht!

31

»Euer Sohn macht Fortschritte«, sagte Franco. Nun war der Zeitpunkt gekommen, neben dem Vornamen auch die persönliche Anrede zu benutzen.

»Wirklich? Wir haben auch den Eindruck. Seit zwei Tagen ist er so ...«

»Ausgeglichen«, vervollständigte Stefan Strauss die Worte seiner Frau.

»Ja«, sagte Daniela Strauss. »Er spielt im Pool und ist wie alle anderen Kinder.«

Franco lächelte sein Psychologenlächeln. »Er ist ein ganz normales Kind. Ich mag ihn sehr und wir verstehen uns gut. Ich würde den Jungen gerne für ein paar Tage entführen.«

Daniela fuhr auf. »Was?«

Stefan legte ihr beruhigend eine Hand auf den Oberschenkel.

Franco winkte ab. »Nichts Besonderes. Euer Sohn kocht gerne?«

»Sehr. Dafür hat er viel Talent«, sagte Daniela, ihr Gesicht ein einziges Fragezeichen.

»Ich kenne einen berühmten Fernsehkoch, der ein Seminar veranstaltet. In Berlin. Übermorgen. Kennt ihr die Fernsehköche?«

»Sehen wir nicht«, sagte Stefan kurz ab.

»Ich würde gerne nach Berlin fliegen und Oliver mitnehmen. Ich glaube, die Begegnung mit seinem Helden wird ihn verändern. Ruhiger machen, empathischer. Für ihn würde sich ein Traum erfüllen.«

Daniela und Stefan schwiegen.

Und Stefan sagte genau das, was Franco erwartet hatte: »Und wer soll das bezahlen?«

»Ich habe mit dem Koch gesprochen. Er zahlt den Flug. Er ist ein guter Freund. Er vertraut mir. Er sagt, wenn ich glaube, ihm ein Talent zu bringen, macht es Sinn.«

»Unglaublich«, hauchte Daniela.

»Und wie lange?«

»In drei Tagen sind wir zurück, Stefan.«

»Ich will nicht lange drum herum reden, Franco. Die Idee gefällt mir.« Der Mann hatte ihn das erste Mal mit Vornamen angeredet. Wunderbar. Es war vollbracht!

»Aber so ganz ohne uns?«, wisperte Daniela.

»Er schafft das«, schmunzelte Franco. »Er ist ein starker Junge. Damit könnten sich die Schatten, die auf seiner Seele liegen, endgültig auflösen.«

»Schatten?« Stefan wurde bleich.

»Er hat schlimme Dinge getan, nicht wahr?«, fragte Franco.

Stefan stutzte und log: »Nicht, dass ich wüsste.«

»Ist ja auch nicht wichtig. Ich würde mich freuen, euerm Sohn das schenken zu dürfen. In drei Tagen sind wir wieder hier, es wird für ihn ein großartiges Erlebnis sein. Allerdings müssen wir gleich fliegen. Mit der Mittagsmaschine. Ich habe schon gestern zwei Tickets gebucht. Ich hoffe, ihr verzeiht mir, dass ich vorgegriffen habe. Wir übernachten in Berlin in einem guten Hotel. Für Oliver wird das ein super Erlebnis sein.«

Nun können sie nicht mehr ablehnen!

Es dauerte noch fünf Minuten, dann hatte er das Ehepaar Strauss überredet.

Eine Million Euro.

Ich habe es geschafft!

Entweder ich selbst bin reich oder Gabi hat ausgesorgt – falls sie die Rache des unbekannten Mörders überlebt!

32

Will Prenker wusste, wo er die Familie Strauss finden würde. Die Mühlen des LKA hatten wie meistens perfekt funktioniert.

Am frühen Nachmittag traf er auf Gran Canaria ein.

Er war erschöpft, denn er hatte in der letzten Nacht kaum geschlafen. Sein Handy summte.

Bist du gut angekommen?

Eine SMS von Elvira.

Obwohl er sich dagegen sträubte, vermisste er sie. Im Gegensatz zu Janine und auch zu den wenigen anderen Frauen, die er nach Veronikas Tod kennengelernt hatte, wirkte sie so ... normal! Nichts deute auf die Härte hin, die sie in ihrem Beruf ausübte. Privat war sie eine sensible und weichherzige Frau. Vielleicht nicht so attraktiv wie Will sich eine Partnerin vorstellte, dafür intelligent und stark.

Verdammt, er mochte sie wirklich und freute sich über die SMS.

Ja, danke. Bin müde, simste er zurück.

Pack sie dir!

SMS.

Mach ich.

Der Taxifahrer war still, aber freundlich.

Die Fahrt nach San Andreas kostete vierzig Euro.

Für die Entfernung ein Witz. Er checkte ins Hotel ein und freute sich über das große saubere Zimmer mit Blick auf das Meer, das in der Mittagssonne glühte. Einen Blick für die Schönheiten der Insel hatte er nicht, vielmehr beschäftigte ihn, wie er die Familie Strauss zur Rede stellen sollte, ohne in einen dicken Fettnapf zu treten.

Will setzte sich unter das Sonnensegel und genoss einen All-inclusive-Kaffee. Dann ging er zur Rezeption.

»Ich suche meine Freunde. Sie sind schon länger hier. Die Familie Strauss.«

Zehn Minuten später fand er Stefan Strauss und dessen Frau.

Weitere zehn Minuten später weinten sie beide.

Sein Auftritt, nicht in kurzer Hose und Shirt, sondern in Jeans und Lederjacke und dem Bullengesicht, das er sich in zwei Jahrzehnten antrainiert hatte, genügte.

Zuerst wehrten sie sich, doch sein Auftritt war viel zu verstörend für die beiden netten Menschen, um die Lüge noch länger zu verbergen. Sie brachen zusammen.

»Ja, er hat sie umgebracht«, schluchzte Frau Strauss. Sie tat Will leid, denn sie wirkte zerbrechlich und sehr attraktiv, wohingegen Herr Strauss aussah, als wäre er einem Physikerkurs entsprungen und hätte sich nur ausnahmsweise und zwangsverpflichtet in kurze Hosen geworfen, selbstverständlich mit Socken und Sandalen.

»Ihr Sohn hat tatsächlich die zwei Kinder getötet?« Obwohl er auf diese Antwort gehofft hatte, konnte Will es nicht glauben. Es war so .... absurd.

»Was sollen wir tun?«, fragte Herr Strauss.

Der Mann mochte aussehen wie ein Biedermann, doch er spürte die Kraft, die in dieser Person steckte.

Und er spürte die Liebe der beiden Menschen.

»Ich weiß, wie grauenvoll das für Sie sein muss«, beruhigte Will die beiden.

»Grauenvoll?« Frau Strauss blickte ihn an. Wow, hübsche Augen! »Es ist furchtbar, Herr Prenker! Wir sind hier, um unseren Sohn zu beschützen und ihm Gutes zu tun, nun kommen Sie und zerschlagen unsere Welt.«

Ja, das tat er, war sich Will bewusst und er hatte tiefes Mitgefühl mit der Frau.

»Ihr Sohn ist nicht strafmündig«, versuchte er, die Situation zu entschärfen. »Er wird nicht ins Gefängnis kommen, allerdings wird man sich seiner annehmen.«

»Jugendamt? Psychiatrie?«, entfuhr es Herrn Strauss.

»So würde ich das nicht sehen«, wiegelte Will ab, obwohl er wusste, dass man es genauso sehen würde.

»Haben Sie überhaupt eine Ahnung, wie es ist, so ein Kind aufzuziehen?«, flüsterte Frau Strauss.

Das war der Moment, in dem Will begann, sich zu schämen.

Wie er diesen Job hasste!

Wie gerne er jetzt in Elviras Armen liegen würde. Das hier war Oberscheiße! Und es ging ihm näher, als er gewollt hatte.

»Nein, das kann ich nicht, Frau Strauss.«

»Wir lieben ihn so sehr. Er kann doch nichts dafür, dass er so ist. Es ist ein Hirnschaden, verstehen Sie? Er empfindet kein Mitgefühl. Wir haben alles versucht, Therapie, Gespräche ... aber er ist eben so. Verstehen sie das?«

Nein, er verstand es nicht.

»Sollten wir ihn töten, als wir es erfuhren? Beiseite schaffen? Oder zu ihm stehen?«

Frau Strauss hatte Tränen in den Augen, in denen sich die Sonne brach.

Ein weicher Wind wehte unter das Sonnendach, unter dem sie saßen und bedient wurden.

»Selbstverständlich nicht«, stotterte Will. Das hier ging über seine Kraft. So seltsam dieses Paar wirkte, so voller Liebe für ihr Kind, sie würden niemals ins Gefängnis gehen. Kein Richter würde auf Mitwisserschaft entscheiden, nicht bei diesen Menschen.

Stefan Strauss richtete sich auf. Er reckte sein Kinn vor und strahlte eine Kraft aus, einen Willen, wie Will es bezüglich dessen Socken nie erwartet hätte. »Es ist unser Sohn. Wir haben viel dafür getan, dass er bei uns war.«

Ein seltsamer Satz.

»Ja, viel getan, Herr Prenker. Er kam nicht einfach so. Es kostete uns zwei Jahre unseres Lebens, um sagen zu können ... wir bekommen ein Kind. Wir wollten es. Und als er da war, unser Junge, waren wir glücklich. Sie müssten ihn sehen. Er ist so hübsch, so klug, kein Zwölfjähriger. Er geht glatt für Fünfzehn durch. Er ist so intelligent. Aber er hat diesen Hirnschaden. Niemand weiß, wann es geschah, vielleicht schon bei der Geburt, vielleicht auch, weil dieser verdammte Scheißsamen aus meinen Nebenhoden geholt wurde. Wie es scheint sollte man kein Kind bekommen, wenn man es nicht selbst machen kann. Vielleicht schlummerte da, wo der Samen hergeholt wurde, nur Schrott.«

Will fühlte, wie der Mann darunter litt, der leibliche Vater zu sein, der er mit natürlichen Mitteln nie hätte sein können.

»Aus den Nebenhoden, verstehen Sie? Irgendein verdammtes Spermium. Normalerweise kämpfen Millionen davon und der Stärkste gewinnt, aber mir hat man aus meinem verfluchten Sack dieses eine entnommen.«

Stefan Strauss sah aus, als wolle er aufspringen, um sich schlagen und weinen gleichzeitig.

Will nahm sich zurück. Er schwieg, versuchte, die Situation zu entspannen, dann murmelte er fast beiläufig: »Wo ist Oliver?«

In ihren Gesichtern zuckte es, und dann lächelten beide gleichzeitig.

»Nicht auf Gran Canaria, Herr Prenker! Nicht hier. Oliver ist wieder in Berlin.«

33

Franco und Oliver saßen im Flugzeug nebeneinander und der Junge kuschelte sich an den Mann.

Er fühlte sich sicher.

Alles war gut.

In Berlin würde er lernen, wie man kochte. Endlich. Vielleicht würde er einmal ein großer Küchenchef werden?

Das erste Mal in seinem Leben träumte Oliver von schönen Dingen.

Von großartigen Zielen.

Davon, ein wichtiger Mann zu sein, dem man folgte. Er sah sich in seinen Träumen über ein Feld gehen, mit weit ausgreifenden Schritten, während der lange Mantel und die Haare im Wind wehten. Schwarze Stiefel sanken tief ein in Blutlachen, mit denen das Feld bedeckt war, auf dem zerrissene Flaggen wehten, die in den schlammigen Boden gesteckt waren, der übersät war mit verrenkten Leichen.

Und alle hohlen Schädel starrten zu ihm hin und er hörte ihre Gedanken, ihre letzten Schwingungen, die direkt kamen, als der Ruf nach der Mutter verhallt war.

Sie riefen ihm zu, er sei es, der Meister, der Herr der Leben, und er reckte die Arme gegen den Wind, der nach Blut und Schweiß roch und lachte, lachte, lachte, während sie zu Tausenden versuchten, zu ihm zu kriechen, in Blut und Schmiere versanken und immer noch riefen.

HERR! MEISTER DES BLUTES!

Tränen liefen Oliver über das Gesicht, Tränen der Rührung, der Begeisterung, der Wonne, denn endlich wurde er geliebt, wurde er geachtet und akzeptiert, als das, was er war.

Sie wollten nicht küssen, nicht herzen, nicht streicheln, stattdessen schnellten ihre schimmeligen, verfaulten Zungen aus stinkenden Mäulern und brüchige Zähne staken in borkigem Fleisch. Sie schenkten Oliver so viel, denn sie forderten nichts von ihm.

Er ging nach Norden, wo ein dunkler Wald auf ihn wartete.

Er folgte einer Schneise und sah das gleißende Licht.

Den Kopf stolz erhoben ging er weiter und unter seinen Stiefeln krachten Knochen, zermalmten zu Staub. Schließlich stand er vor dem Licht und blickte so lange hinein, dass er zu erblinden meinte. Und seine Augen wurden schwarz.

»Du musst nicht sehen, was geschieht«, sagte eine sanfte Stimme. »Das ist nicht deine Welt. Blicke in dich hinein und schaue.«

Oliver tat es.

»Ich sehe den Tod.«

»Wie sieht er aus?«

»Erfüllend.«

»Was bedeutet das?«

»Er starrt mich aus roten Augen an und nennt mich seinen Sohn. Es ist, als umspüle mich warme Gewissheit.«

Das Bild verwirbelte und klärte sich, dann starrte Oliver erneut in das Licht, welches sich in weißen Streifen wie ein Wasserfall über ihn ergoss.

»Werde ich getauft?«, fragte Oliver.

Keine Antwort, stattdessen wurde der Krieger geschüttelt, sein ganzer Körper bebte, er verlor das Gleichgewicht und erwachte.

»Turbulenzen«, sagte Franco. »Schlaf weiter, alles ist gut.«

Turbulenzen!

Oliver schloss die Augen und hoffte, dass der Traum ihn wieder zu sich zog, dorthin, wo er sich gut fühlte.

34

Herder hatte klargestellt, dass es nur zwei Tyrannen auf der Welt gibt: den Zufall und die Zeit, und manch einer hielt den Zufall für Gottes Pseudonym, wenn dieser sich scheute, zu unterschreiben.

Will wusste von einer Bekannten, die 1998 mit einem Mutter-Tochter-Paar durch Tunesien gereist war und acht Jahre später im Dschungel von Sri Lanka in einer britischen Herberge, nur einen Tisch weiter, jenem Mutter-Tochter-Paar erneut begegneten.

Wie groß war die Wahrscheinlichkeit, dass so etwas geschah?

Es geschah.

Das Leben hatte seine eigenen Gesetze. Die meisten Liebespaare bezogen ihre erste Begegnung auf einen Zufall, viele sprachen noch zwanzig Jahre später davon, staunend und voller Rührseligkeit.

Fast jede Geschichte, betrachtete man sie vom vorläufigen Ende zurück zum Ausgangspunkt, bestand aus Zufällen.

Das wurde einem jedoch erst bewusst, wenn man diesen außergewöhnlichen Blickwinkel wählte.

Das lernt ein Polizist sehr früh, und es erspart ihm manches Staunen.

Will stockte der Atem, doch nach einer kleinen Weile beruhigte er sich, so sehr sein Herz auch raste.

Oliver war mit Franco Sola nach Deutschland gereist.

Selbstverständlich hatte Will das Zimmer des Gastes, des Psychologen, des geheimnisvollen Mannes durchsucht und es dauerte keine fünf Minuten, bis er es begriff:

Hier lebte Dr. Mark Rieger!

Will war nach Gran Canaria geflogen, um einen Mordfall zu klären, und war auf die Spur des meistgesuchten Serienmörders Deutschlands gestoßen.

Mark Rieger nannte sich jetzt Franco Sola.

Er, der Wills Liebe kaltblütig getötet hatte.

Er, dem er einst vertraut, den er hoch geschätzt hatte.

Hier also hatte sich der Mann verkrochen.

Und war nun mit einem Kind nach Deutschland geflogen, um es an einem Kochseminar teilnehmen zu lassen. Mit dem Mörder seiner Tochter.

Die ganze Geschichte war schräg und hoch explosiv.

Er rief Elvira an.

»Die Eltern haben gestanden. Ihr Sohn Oliver ist der Mörder. Er hat seine Mitschüler getötet.«

Er schwieg, wartete die Reaktion ab.

»Und nun der Irrsinn: Durch Zufall hat Oliver einen Psychologen kennen gelernt, mit dem er sich angefreundet hat. Und wer glaubst du, ist das?«

Noch immer Schweigen.

»Mark Rieger. Er trägt jetzt einen spanischen Namen, aber er ist es, das ist sicher. Ich fand in seinem Zimmer ein Bild seiner Tochter und seiner Frau, außerdem eine Tageszeitung mit einem Bericht über die Schulmorde. Und ausgerechnet dieser Mann ist mit Oliver in Berlin, mit dem Mörder seiner Tochter Marlies, wovon er vermutlich nichts weiß, sonst würde der Junge mit Sicherheit nicht mehr leben. Jetzt, während wir miteinander reden, sind sie wieder in Berlin.«

Dann endlich Elvira. »Wow, du bist und bleibst der beste Bulle, den wir jemals hatten.«

Oh ja, er hatte ihr den Hintern gerettet, sie würde vermutlich zur Vizekanzlerin gewählt werden. Doch das alles interessierte Will nicht. Er spürte den Drang, den er früher als Gerechtigkeitsdenken bezeichnet hatte.

Er war immer gerne Bulle gewesen.

Er glaubte an die Redlichkeit. Und hier war wieder so ein Fall. Wenn er klug war, würde er ihn lösen und das Böse der Gerichtsbarkeit überstellen. In dieser Hinsicht dachte Will konservativ.

»Rieger und Oliver. Zwei verwandte Seelen. Unterwegs zu einem Kochkurs. Um was, verflucht, kann sich das handeln? Wir glauben doch nicht wirklich, dass Rieger einen kleinen Psychopathen nach Berlin fliegt, um gemeinsam mit ihm zu üben, wie man ein perfektes Steak zubereitet? Wo also sind sie? Was bezweckt Rieger damit?«

Elvira sagte ganz ruhig: »Komm zurück. Lass die Eltern, wo sie sind. Sie sind jetzt nicht wichtig. Darum kümmern sich meine Mitarbeiter. Wir müssen den Jungen finden. Wenn wir ihn haben, haben wir auch Rieger.«

35

Franco buchte in einem kleinen Hotel in Charlottenburg ein Zimmer für sich und seinen Sohn. Er nannte einen falschen Namen. Oliver strahlte den Portier freundlich an. Niemand wollte seinen Ausweis sehen, obwohl dies nach neuester Rechtsprechung Pflicht war.

Sie bekamen ein hübsches Zimmer, in dem Oliver sich sofort wohlfühlte.

»Ich habe jetzt nicht viel Zeit«, sagte Franco. »Das Hotel hat ein freies W-LAN und ich gehe jetzt gleich online. Während ich das tue, störe mich bitte nicht. Du kannst dich aufs Bett legen und lesen oder fernsehen, wenn du die Kiste nicht zu laut machst.«

Er klappte den Laptop auf.

Oliver gehorchte und warf sich auf das breite Bett. An einem Kiosk hatte er sich die neueste Ausgabe einer Zeitung geholt, die sich mit dem Mittelalter beschäftigte. Bunte Bilder, jede Menge Text, genau richtig.

»Ich hab Hunger, Franco.«

»Wenn ich hiermit fertig bin, gehen wir was essen, okay?«

»Yep!« Oliver war zufrieden und hatte bisher nicht eine Sekunde an seine Eltern gedacht. Warum auch? Denen ging es gut, sie konnten sich jeden Tag sonnen, außerdem war er in zwei oder drei Tagen wieder bei ihnen und würde vermutlich eine Menge zu berichten haben.

Ein Fernsehkoch!

Das war unglaublich!

Er vertiefte sich in die Zeitschrift, während Franco konzentriert arbeitete.

Franco war zufrieden.

Der Onlinezugang war flott und bald hatte er die Seiten gefunden, die er gesucht hatte. Der Zugang war kompliziert und es dauerte eine Weile, bis er die Berechtigungen erhielt. Endlich stieß er auf die einfach gestaltete Seite, von der niemand, der sie zufällig fand, ahnte, was sich dahinter verbarg.

Über einen Link, der sich hinter einem Wort befand, sauste Franco in das Mailprogramm und sah, dass einige Mitteilungen auf ihn warteten.

Es ging immer um dieselbe Frage:

Würde er das Kind mitbringen?

Sie würden sich jetzt darauf verlassen.

Ohne das Kind war die Sache nur die Hälfte wert.

Franco erfuhr das Passwort: *Peppermint!* Nun war er drin. Jetzt gab es kein Zurück!

Er hatte die Flamme entfacht und nun vertrauten wichtige Menschen darauf, dass sie auch weiterhin brannte.

Eine Stunde später saßen sie in einem *Maredo*. Oliver hatte sich ein 250-Gramm-Steak bestellt, Franco genügte das Salatbuffet. Der Junge aß mit Appetit. Mit vollem Mund fragte er: »Willst du mir nicht verraten, was morgen Abend geschieht?«

»Nichts anderes, als was ich dir gesagt habe, Junge.«

»Was wird der Fernsehkoch mit uns zubereiten?«

»Ich vermute, es wird sich um verschiedene Fleischgerichte handeln. Vielleicht auch Innereien. Magst du Innereien?«

Oliver verzog das Gesicht, erneut eine Mimik, die seltsam falsch wirkte, antrainiert. »Eigentlich nicht.«

»Aber du isst es?«

»Na klar.«

Er isst alles, denn er kennt weder Ekel noch Lust. Aber wie verträgt sich das mit seiner Sensibilität zu Speisen?

»Dazu Salat und ein spezielles Kartoffelgericht. Wir werden zehn Gäste haben, die sich bewirten lassen. Jeder dieser zehn Gäste ist sehr weit gereist, um an diesem Mahl teilzunehmen, zwei oder drei von ihnen um die Welt.«

»Wow, so berühmt ist der Koch?«

»Ja, das ist er. Auf seine Art ist er der berühmteste Koch der Welt!«

Olivers Augen funkelten für einen Sekundenbruchteil und erneut fragte sich Franco, ob der Junge nicht vielleicht doch über einen schwachen Schimmer von Empathie verfügte. Er freute sich, das war nicht zu übersehen.

»Weißt du was, Franco?«

Franco wartete.

»Ich finde es richtig toll, dass wir uns kennen gelernt haben.«

»Finde ich auch, Oliver.«

»Ich glaube, jetzt ist es an der Zeit, dass ich dir was erzähle, das außer meinen Eltern sonst niemand weiß.«

»Ein Geheimnis?« Er hatte es geahnt. Da gab es noch etwas, das Oliver ihm verschwiegen hatte, vielleicht der eine wichtige Punkt, um ganz in die Seele des Jungen einzutauchen.

Als er noch Psychologe gewesen war, hätte er diesen Moment als Durchbruch gefeiert, als jenen Augenblick, die Übertragung, in der sich der Klient völlig öffnete und damit sein absolutes Vertrauen zeigte. Erst jetzt war eine heilende Zusammenarbeit wirklich möglich. Doch das schien so lange her. Kaum zu glauben, dass er noch vor einem Jahr ein angesehener Fachmann der Seele gewesen war. Dr. Mark Rieger, der für das LKA arbeitete.

Die Rache einer jungen Frau hatte sein Leben zerstört.

Er war selbst zum Serienmörder geworden.

Der Schaden, den seine Seele daran genommen hatte, war nicht mehr zu reparieren. Er würde ein Psychopath und Neurotiker bleiben, solange er lebte.

»Willst du es mir hier erzählen oder nicht lieber im Hotelzimmer.«

»Ich spreche leise, Franco. Ich find's hier so toll. Im Zimmer ist es langweilig.«

»Okay, aber sprich bitte leise.«

»Yep!« Oliver schaufelte noch eine Portion Kroketten hinterher und leckte sich die Lippen, was nichts anderes bedeutete wie: Ich habe Durst.

Franco bestellte noch eine Cola und dann begann der Junge.

»Ich habe gemordet. Also richtig, verstehst du? Ich habe Menschen umgebracht.«

Ein heißer Schauder fuhr über Franco. Schweiß brach ihm aus und rollte ihm über den Rücken. Schock! Nervenglühen! Er hatte es geahnt, doch als der Junge es so leidenschaftslos aussprach, erschütterte es den Psychologen. Das war etwas anderes, als sich mit Uwe Caffé zu unterhalten. Hier ging es um ein Kind.

»Du guckst mich ganz schön erstaunt an«, sagte Oliver.

»Das erkennst du?«

»Anders, als du es sehen würdest. So, wie ein Blinder besser riechen und hören kann, verstehst du?«

Rational schon, emotional nicht wirklich. Dafür wirkten Olivers Sinneseindrücke zu abstrakt.

»Okay, du hast es also getan«, stellte Franco fest und neigte sich vornüber. »Erwachsene?«

»Kinder in meinem Alter«, gab Oliver zurück.

»Wissen es deine Eltern?«

»Ja, aber sie würden das nie jemandem sagen. Deshalb sind sie mit mir nach Gran Canaria gefahren.«

Ich wusste es!

»Sie fürchten, ein Polizist sei hinter mir her. Einer, der den Mörder vom Schiller-Gymnasium jagt. Na ja, und damit der mich nicht kriegt, sind wir abgehauen.«

Ein Polizist? Er ist hinter Oliver her? Verdammt, führt er den Mann auf meine Spur oder ist das nur das Gequatsche eines Halbwüchsigen, der sich wichtig macht?

»Schiller-Gymnasium?«, stieß Franco hervor.

Oliver senkte den Blick. »Einer, der mich andauernd beklaut hat, ein anderer, der mich andauernd verarscht hat.«

»Und dafür mussten sie sterben?«

»Ich weiß, dass das falsch ist, aber was wir auf Gran Canaria gemacht haben, war dann auch falsch. Sogar noch falscher, denn die Katze und der Penner haben uns gar nix getan.«

»Stimmt«, sagte Franco und nippte an seinem Mineralwasser. Der Kellner ging vorbei, und als er sich entfernte, fragte er: »Du hast von zwei Kindern gesprochen.«

»Ja, eines davon war ein Unfall, Franco.«

»Ein ... Unfall?«

»Ein Mädchen. Es war aus der sechsten oder siebten Klasse. Es hat mich erwischt und wollte weglaufen. Wäre ihr das gelungen, hätte man mich gekriegt, also musste ich auch sie töten.«

»Musstest du auch sie töten«, echote Franco. In seinem Kopf überschlugen sich die Gedanken. Zuletzt hatte er sich so gefühlt, als Janine ihn aufforderte sie umzubringen und Will Prenker in das Blockhaus stürmte, die Waffe im Anschlag. Aber vielleicht handelte es sich auch um einen Zufall, einen gottverdammten Zufall, oder?

»Weißt du, wie das Mädchen hieß?«

»Nicht genau, aber es stand wohl in allen Zeitungen.«

Wie hieß das Mädchen, sag es schon!

»Irgendwas mit Marion, Melanie, Marlies, weiß nicht so genau.«

»Marlies?« Franco hatte das Gefühl, sein Körper löse sich auf, seine Lippen würden zu Staub und seine Zähne taub.

»Bist du jetzt böse auf mich?«

»Zwei Schüler. Und du warst es also.« Mehr konnte Franco nicht sagen.

Eine Million Euro!

Oliver schwieg und trank von seiner Cola. »Ich möchte nicht, dass du böse auf mich bist. Was wir gemacht haben, war auch ...«

»Ich weiß es!«, donnerte Franco. Er konnte sich kaum noch beherrschen. Ohne es zu spüren, hatte er mit der flachen Hand auf den Tisch geschlagen. Köpfe drehten sich zu ihnen. Man starrte ihn an. Ein Vater, der mit seinem Sohn stritt?

Behalte deine Nerven!

Eine Million Euro!

Und dann der Spaß, wenn du diesen widerlichen kleinen Kerl in Stücke schneidest! Stück für Stück! Langsamer als jeden Mord, den du jemals begangen hast! Bei Gott, Oliver wird leiden. Er wird leiden ...

»Warum sollte ich dir böse sein?«, fragte Franco.

Wie soll ich die Nacht mit ihm in einem Zimmer verbringen, ohne ihn zu erwürgen?

»Ich hatte grad den Eindruck.«

»Ach was, Oliver. Ich war nur ... erstaunt über deine Fähigkeiten. Mit mir zusammen war das was anderes, denn ich leitete dich an. Ich hätte nie gedacht, dass du das schon alleine getan hast.«

»Du wirkst jetzt wie mein Vater. Der hat mich, als er es erfuhr, total verprügelt.«

Nicht mehr? Ich hätte dich in einen Kessel mit kochendem Wasser gesteckt, du verdammter Lump!

»Da siehst du, wie sehr das einen erschrecken kann.«

»Das tut mir leid. Ich will niemanden erschrecken. Ich bin doch nur ein Kind.«

Francos Kopf schnellte hoch. Er starrte Oliver an und es schüttelte ihn innerlich, als er begriff, dass der Junge es ehrlich meinte. Er hielt sich für ein Opfer seines Hirnschadens und sehnte sich nach Normalität.

»Deshalb werden wir morgen Abend unseren Spaß haben. Vielleicht bringt dich das auf andere Gedanken. Erwachsene sind der Meinung, dass man die Begabung eines jungen Menschen fördern sollte.«

»Ja, und deshalb sind wir ja auch hier.«

Er hat es vergessen! Für ihn ist die Beichte abgeschlossen. Er kümmert sich nicht mehr darum. Er denkt nur noch an morgen.

Franco alias Mark hatte sich für einen grausamen Menschen gehalten.

Er hatte jeden Bereich einer Psychose durchlebt und war daran fast gestorben. Er hatte Schmerzen gelitten und gedacht, sein Verstand löse sich auf. Doch diese Kälte, diese Selbstverständlichkeit, die innere Ruhe, die der Junge ausstrahlte, war so schlimm wie vier Uwe Caffés zusammen, war schlimmer, als alles, was er jemals erlebt hatte. Er, Franco alias Mark, hatte gemordet, weil er keine Alternative gehabt hatte. Oliver hingegen war ein Killer, der lächelnd Leben nahm, ohne Alpträume zu bekommen. Er war ein Wesen, das nicht leben durfte. Eine Gefahr für jeden normalen Menschen, und wie sich diese Krankheit auswirkte, wenn Oliver erst erwachsen war, wussten nur die Götter der Dunkelheit.

Gegen ihn wären John Wayne Gacy, der 33 Menschen tötete, der Son of Sam oder Jeffrey Dahmer Waisenknaben.

Vielleicht war dieser liebenswerte Junge das größte Scheusal, das Gottes Wille je hervorgebracht hatte.

Und dieser Bengel hatte Marlies getötet. Einfach so.

Ein Unfall!

Ihr Unglück war gewesen, dass sie Zeugin einer Bluttat gewesen war. Also war Gabi sicher. Es handelte sich nicht um einen Racheakt. Wenigstens gab es dieses winzige Licht im großen dunklen Gang.

»Ich bin müde«, sagte Franco. »Der Flug war anstrengend. Ich möchte ins Bett.«

Ich möchte die Augen schließen, meinen brennenden Schädel beruhigen und ich hoffe, ich bringe diesen Kerl nicht um!

»Okay!« Oliver sprang geschmeidig auf. »Darf ich dann noch etwas lesen? Ich störe dich ganz bestimmt nicht.«

»Ich weiß«, antwortete Franco, in dem Hass, Zorn und Mordlust tobten. »Du störst mich nicht.«

36

Elvira Kreidler hatte Will vom Flughafen abgeholt und war in dieser Nacht bei ihm geblieben. Der Ermittler war erschöpft, aber happy, dass Elvira an ihn gedacht hatte.

»Eine Dusche, eine Cola Light und ein weiches Bett. Mehr will ich nicht«, sagte er.

Elvira hatte tausend Fragen, doch sie wartete, bis Will sich nach fünfzehn Minuten Autofahrt akklimatisiert hatte. Sie fuhr direkt zu ihrer Wohnung.

»Hier wohne ich nicht, schon vergessen?«, schmunzelte Will.

»Klappe halten. Ich lass dir ein Bad ein, dann bekommst du deine Cola und anschließend reden wir.«

»Nur reden?«

»Ich denke, du bist erschöpft?«

Er verdrehte die Augen. Nach Sex war ihm nicht. Aber hatte das nicht schon etwas von einer Beziehung? Sie kümmerte sich mütterlich um ihn und er ließ es willig geschehen. Aber wo waren die Schmetterlinge im Bauch? Nun, vermutlich waren die in seinem Alter nicht nötig oder er war schlicht und einfach zu kaputt, um sie zu spüren. Fast 10 Stunden Flug an einem Tag, die letzte Nacht kaum geschlafen und diese Neuigkeiten, diese unglaublichen Neuigkeiten! Er fühlte sich wie durch die Mangel gedreht, pappig, weich und platt.

Wenig später lag er in der Wanne und genoss den Schaum.

Elvira hatte eine schöne, sehr stilvoll eingerichtete Wohnung, in der man überall die Hand einer Frau wahrnahm. Wieder etwas, das er der Amtsleiterin nicht zugetraut hatte.

Was wissen wir eigentlich voneinander?

Nichts, nur das, was wir wahrnehmen wollen!

Der erste Eindruck? Ein Witz! Der zweite? Auch einer.

Sie kam und wusch ihm den Rücken mit einem Schwamm.

Will schloss die Augen und knurrte wohlig.

So wohl hatte er sich schon lange nicht mehr gefühlt. Bäder mit Janine waren stets ein Mittel zum originellen Sex gewesen, hatten jedoch nie der Reinlichkeit gedient. Hier war das anders.

Was, fragte er sich, war ihm lieber? Bald war er fünfzig, seine Libido wurde müder, seine Lust auf Disco, Veranstaltungen und Öffentlichkeit schlief ein. Was wollte er mit einem jungen Ding, das ihn unentwegt forderte? Außerdem ... was dachte er da überhaupt? Elvira war fünf Jahre jünger als er, also ein guter Altersunterschied, und knackig war sie außerdem.

Im Bett erfahren und selbstbewusst, im Beruf erfolgreich, im Kopf helle und sie wusste, wie man einen Mann mit einem Badeschwamm verwöhnte.

»Gleich schlaf ich ein, so schön ist das«, sagte Will.

»Unmöglich«, gab sie zurück. »Deine Cola steht kalt, du kannst einen von meinen Bademänteln anziehen, sieht bestimmt lustig aus, dann gibt es gebratenen Lachs und Reis und dabei unterhalten wir uns. Eine Stunde musst du noch durchhalten, dann singe ich dir ein Schlaflied.«

Er sah sie an und nun geschah etwas Erstaunliches. In seinem Bauch regten sich eben jene Schmetterlinge, die er zuvor vermisst hatte – oder hatte er schlichtweg Hunger? Ihre Blicke trafen sich, sie beugte sich vor und küsste ihn sanft, nicht leidenschaftlich, sondern ganz weich. Sie strich ihm über die kratzige Wange und schließlich lächelte sie, wuschelte durch sein nasses Haar und befahl: »Und raus! Das Essen wartet!«

»Eigentlich müssten wir im Präsidium sein«, sagte Will und kaute.

»Die Nachtschicht ist dran«, sagte Elvira. »Du siehst aus wie ein schwuler hübscher Kerl in meinem rosafarbenen und zu kleinen Bademantel. Irgendwie ganz schön sexy mit deinen haarigen Beinen.«

Will grinste. »Was hat das mit dem Kochkurs auf sich?«

»Wir recherchieren. Vielleicht findet so etwas morgen Abend wirklich statt und Rieger hat für den Jungen sein Herz entdeckt.«

»Glaube ich nicht.«

»Ich auch nicht.«

»Ein Codename für eine andere Veranstaltung?«

»Was sollte das sein?«

»Wüsste ich das, ginge es mir besser.«

»Was ist mit Olivers Eltern?«

»Die reisen morgen Abend zurück. Was tun wir mit denen?«

»Wir lassen sie nach Hause kommen, dann nehmen wir sie fest. Keinen Aufstand am Zoll, nichts dergleichen. Erst vernehmen wir sie, dann gebe ich die Informationen weiter.«

»Aber deine Leute von der Nachtschicht ...«

»... wissen nur das Nötigste.«

»Puh, jetzt willst du's wissen, oder? Alles oder nichts! Rieger und Oliver zusammen mit einem Paukenschlag, stimmt's?«

»So ungefähr.«

Will legte Gabel und Messer weg. »Ganz schön mutig.«

»Ich wollte zuerst mit dir sprechen. Du bist also ganz sicher, dass du es mit Mark Rieger zu tun hattest?«

»Ich habe ihn mir beschreiben lassen. Außerdem sehe ich keinen Grund, warum Franco Sola Bilder von Marlies und Gabi Rieger bei sich haben sollte. Er ist Psychologe, wie Rieger. So groß wie Rieger. Und sein Ausweis, von dem das Hotel eine Kopie hatte, ist in Deutschland ausgestellt und mit Sicherheit gefälscht. Niemand hat Rieger jemals spanisch reden hören.«

»Wir haben sofort die spanischen Kollegen informiert, aber Rieger war schon weg. Seine Maschine flog mittags, und als du der Sache auf die Spur gekommen bist, war er schon in Berlin gelandet. Wie es aussieht, hat er kein Taxi genommen, sondern vermutlich die U-Bahn. Wir haben alle großen Hotels abgefragt, aber nirgendwo ist er gemeldet. Also wohnt er möglicherweise in einem kleinen Hotel unter einem anderen Namen, eines, wo man nicht so genau hinschaut, den Ausweis nicht kontrolliert. Und somit ist er verschwunden. Zumindest im Moment. Aber wenn wir jemanden kriegen wollen ...«

»... dann kriegen wir ihn«, sagte Will. »He, ich war selbst lange genug Bulle.«

»Die Fahndung nach den beiden ist raus.« Sie lächelte. »Ich hätte dich gerne in Action erlebt, aber als ich aus dem Ruhrgebiet nach Berlin versetzt wurde, warst du nicht mehr da.«

»Du willst also die Nacht abwarten?«

»Rieger und Oliver Strauss sind irgendwo. Der Junge muss schlafen, Rieger vielleicht nicht, aber er ist auf der Flucht, also auch erschöpft. Lass die Nacht vergehen, morgen früh machen wir uns daran. Ich werde den Oberstaatsanwalt informieren und dann die Kavallerie losschicken.«

»Okay. Dann möchte ich jetzt schlafen.«

»Darf ich mich zu dir legen?«

»Elvira, es ist dein Bett. Und in dem bist du gerne gesehen.«

37

Am nächsten Morgen führte der Polizeiapparat seine Arbeit fort.

Elvira Kreidler gab eine Pressekonferenz und danach war sie sich der Aufmerksamkeit der Öffentlichkeit sicher. Ab sofort waren Mark Rieger und der Junge im Fokus.

Nach ihnen wurde gefahndet. Ihre Bilder tauchten in den Online-Nachrichten auf, abends würden sie in der Zeitung zu sehen sein.

Oberstaatsanwalt Spinner ließ es sich nicht nehmen, sich neben Elvira Kreidler aufzubauen, den Bauch einzuziehen und mit einem markanten Lächeln zu betonen, wie stolz er auf sein LKA sei.

Auch er bat wiederholt, sich auf Dr. Mark Rieger zu konzentrieren. Er sei derzeit in Berlin, wie lange schon, wisse man nicht, und der junge Oliver Strauss befinde sich in großer Gefahr. Nichts sei wichtiger, als den Serienmörder innerhalb kürzester Zeit dingfest zu machen. Und abschließend:

»Ich setze für sachdienliche Hinweise eine Belohnung von 40.000 Euro aus. Schreiben Sie das. Ich möchte, dass bei uns die Telefone heißlaufen! Ich will, dass sie ... explodieren!«

Elvira Kreidler tat so, als störe sie der rhetorisch aufgesetzte Machtauftritt des Mannes nicht, und Will, der unauffällig abseits stand, wusste, dass sie dann ihren ganz großen Auftritt haben würde, wenn der Täter gefasst war. Ab sofort waren die Grenzen dicht. Interpol und andere befreundete Polizeidienste waren informiert. Es war bekannt, unter welchem falschen Namen Rieger reiste. Außerdem hatte er einen Halbwüchsigen bei sich, dessen Aussehen auffällig war. Dieser Mann würde Deutschland nie mehr verlassen können, es sei denn, er besorgte sich einen weiteren Pass, veränderte sein Aussehen radikal und entledigte sich des Jungen.

Und eben das machte Will Sorgen.

Wusste Rieger schon, dass Oliver Strauss seine Tochter getötet hatte? Lebte Oliver Strauss überhaupt noch?

Und was hatte es mit dem ominösen Kochkurs auf sich?

Die entsprechenden Abteilungen waren dabei, Verknüpfungen zu finden. Fand ein solcher Lehrgang irgendwo in Berlin statt?

Für was konnte der Begriff ‚Kochen' stehen? Ein Synonym?

Gab es eine Begriffsverwandtschaft? Sinnverwandte Worte? Handelte es sich um ein Akronym? Eine Abbreviation? Die Fachleute spielten elektronisches Scrabble.

KOCHEN!

KOCHKURS!

Worte mit außergewöhnlich vielen Möglichkeiten.

Ein beliebtes Beispiel war das Wort *Rokokokommode*. Daran erinnerte sich Will, denn dieses Beispiel hatte ihn und seine Mitschüler auf der Polizeiakademie in Staunen versetzt, sodass er es bis heute nicht vergessen hatte.

Wie viele Worte ließen sich daraus bilden?

Hier ging es um Multinomialkoeffizienten und Binomialkoeffizienten.

Für einen Laien schwierig und anspruchsvoll!

Das war nicht wie in einem Dan-Brown-Roman, in dem ein genialer Wissenschaftler zwei Minuten auf ein Wort blickte und die Lösung fand.

Das war Realität!

Die Formel für *Rokokokommode* lautete:

$$\frac{13!}{1! \cdot 5! \cdot 3! \cdot 2! \cdot 1! \cdot 1!} = 4324320$$

Es gab also über 4 Millionen Möglichkeiten, wenn man die Buchstaben umsetzte. Über 4 Millionen Wörter, von denen viele einen Sinn ergaben.

Oder alles war nur Augenwischerei und es ging tatsächlich um KOCHEN? Wie Will von Stefan und Daniela Strauss erfahren hatte, schien Rieger den Jungen sehr zu mögen, was auf Gegenseitigkeit beruhte. Wer konnte sich schon in den Kopf eines Serienmörders versetzen? Was, wenn Rieger dem Jungen tatsächlich nur einen Gefallen tun wollte?

Und dafür setzte er seine neue Identität aufs Spiel?

Unwahrscheinlich.

KOCHEN! KOCHKURS! FERNSEHKOCH!

Kontakte zu Rach, Zacherl, Lichter, Mälzer, Lafer, Marquardt und zu der Köchin Sarah Wiener bestanden bereits. Niemand von denen hatte heute und in den nächsten Tagen eine Veranstaltung in Berlin.

Wenn Stefan Strauss die Wahrheit gesagt hatte, woran Will nicht zweifelte, fand die Veranstaltung heute Abend statt.

Will wartete auf das Ende der Pressekonferenz und fuhr in die Stadt. Er benötigte Ruhe. Dreißig Minuten in einem stillen Café. Einen Kaffee oder eine Cola Light. Er musste nachdenken.

38

Stefan und Daniela waren verstört gewesen.

Der Ermittler hatte ein paar Anrufe getätigt und umgehend einen Flug zurück nach Berlin bekommen. Sein gebuchtes Zimmer verfiel, denn noch am selben Abend flog er zurück nach Deutschland.

Sie beide mussten sich noch gedulden. Ihr Flug ging erst am nächsten Abend sehr spät.

In der Nacht hatten sie viel geweint und getrauert.

„Wir haben versagt“, sagte Stefan.

„Hätten wir etwas daran ändern können?“, fragte Daniela.

„Und wir haben ihn in die Hände eines anderen Mörders gegeben. Hätten wir den Mann an der Hotelbar nicht kennen gelernt, hätten wir Oliver das erspart.“

„Wer konnte das ahnen?“

Stefans Gesicht war eine bleiche Maske voller Trauer und Furcht. „Ich habe Oliver verraten. Ich habe mein Versprechen, ihn zu beschützen, gebrochen. Als der Polizist vor uns stand, war ich derart perplex, es war ein richtiger Schock. Damit hätte ich niemals gerechnet. Und nachdem er das Zimmer dieses Psychologen durchsucht hatte, und uns erklärte, mit wem Oliver nach Berlin unterwegs ist dachte ich ..." Er schluchzte, denn ihm fehlten die Worte. Es gab Dinge, für die es keine Worte mehr gab, da sie unaussprechbar waren.

Sie klammerten sich aneinander, drückten sich und weinten beide.

Erschöpft waren sie irgendwann eingeschlafen, von dunklen Träumen und Schluchzern gequält.

Heute Morgen würde in Berlin die Hölle los sein.

Zwar hatte das Fernsehen noch nicht berichtet, aber vermutlich suchte jeder Polizist der Stadt den Psychologen und ihren Sohn Oliver. Der Name Strauss war ein für allemal beschädigt, kaputt! Sie waren die Eltern eines Mörders.

Daniela und Stefan Strauss nahmen sich einen Leihwagen und fuhren ins Landesinnere. Die Fahrt über Fataga nach San Bartolomé war wunderbar. Es ging steil bergauf, die Straßen waren so schmal, dass Busse vor einer Biegung hupten, um ihre Breite anzuzeigen. Der Himmel war blau, unter ihnen erstreckte sich eine grüne Landschaft, wie Gott sie nur mit guter Laune geschaffen haben konnte.

Im Bergdorf Tejeda machten sie Rast und gingen Hand in Hand spazieren. Sie standen auf den Aussichtspunkten und bestaunten die Bergketten, die grünen Täler und die wilde Vegetation.

Hier oben herrschte ein angenehmes Klima, kühler als unten am Meer, eine glasklare Luft, was selten war, denn meistens war es hier oben nebelig, und wenn ganz selten Schnee fiel, strömten die Einwohner von der Küste nach hier oben, um ein paar Stunden die weiße Pracht zu genießen. Hier konnten sich dicke Wolken ballen, die sich festsetzten, wodurch es regnete, während nur wenige Kilometer Luftlinie am Meer die Sonne brannte und jahrelang kein Tropfen fiel.

Stefan und Daniela redeten nicht viel.

Was gab es auch zu besprechen? Vielleicht wartete die Polizei schon auf sie, wenn sie ins Hotel zurückkehrten oder morgen an der deutschen Zollabfertigung?

Sie hatten ihren Sohn verloren, sie hatten ihn verraten.

Sie hatten so stark sein wollen und waren unter dem Charisma des Ermittlers zusammengebrochen wie kleine Kinder vor dem bösen Oberlehrer. Sie hatten der Überraschung nicht standgehalten.

Ihr Leben war in Stücke gebrochen wie damals der Pflaumenkuchen auf dem Küchenboden. Tausend Stücke, die krachten, wenn man darauftrat.

Oliver war mit dem Mann zusammen, dessen Tochter er getötet hatte.

Ein Serienmörder und Oliver.

Zwei kranke Menschen, die man jetzt jagte wie wilde Tiere.

Und ausgerechnet diesem Serienmörder hatten sie sich anvertraut. Gut, dass weder Oliver noch sie ihm gegenüber etwas von den Morden gesagt hatten, sonst wäre ihr Sohn jetzt schon tot.

Konnten sie ihn retten?

Noch etwas für ihn tun?

Nein, es war zu Ende. Sie hatten ihr Kind gehabt, hatten es geliebt und nun waren sie frei.

Sie hatten getan, was sie konnten und es hatte nicht genügt. Sie waren frei wie der Habicht, der über ihnen kreiste. Stefan hielt sein Gesicht in den kühlen Wind, der seine feinen Haare verwehte und sagte: »Es ist so schön hier oben. Als gäbe es nur Gutes in der Welt.« Er blickte Daniela an. »Was hörst du?«

Daniela lauschte. »Frieden.«

»Ja, das ist gut gesagt. Hier oben herrscht Frieden.«

Daniela sagte: »Das erste Mal seit langer Zeit fühle ich mich frei.« Sie breitete die Arme aus und schloss die Augen.

»Mir geht es auch so«, antwortete Stefan. »Mir geht es ganz genauso.«

Über ihnen kreisten zwei Adler, vermutlich jene vom Palmitos Park, die mehrfach täglich Ausflug bekamen, aber vielleicht waren es auch wilde Tiere.

Ein Habicht pfiff und sein kühler Laut echote durch das Tal. Der Roque Nublo streckte seine markante Silhouette gegen den stahlblauen Himmel. Eine alte Frau schlurfte über den Kopfstein. Vor einem Café saßen Einheimische, spielten Backgammon und tranken Tee.

Der Reisebus war weggefahren, nur noch wenige Touristen trieben sich herum.

»Fahren wir?«, fragte Stefan.

»Ja, Liebster.«

Sie stiegen in den *Panda* und abwärts ging es, zurück nach San Andreas.

»Ich liebe dich, Daniela«, sagte Stefan und reichte seiner Frau die rechte Hand.

»Ich liebe dich auch, Stefan«, sagte sie und ein helles Schluchzen drang aus ihrem Mund.

Stefan drückte das Gaspedal bis zum Anschlag durch.

»Bist du bereit?«, fragte er.

»Ich bin bereit, Liebster.«

Er sah sie an. Direkt in ihre Augen.

Sie öffnete den Mund, als wolle sie ihn küssen, feuchte Lippen, Tränen auf den Wangen.

Der kleine Fiat durchbrach die niedrige Planke der markanten Aussichtsstelle. Es donnerte, ratterte, dann befanden sich Stefan und Daniela für einen Atemzug in Schwerelosigkeit.

Beide öffneten den Mund, um noch etwas zu sagen. Ihre Blicke waren beieinander, sie hatten keine Angst. Sie stießen ein Wort hervor, zeitgleich.

»Oliver!«

Dann zerbrach die Welt um sie, der Panda schlug auf einen Felsvorsprung, fiel noch ein Stück, überschlug sich und endlich, endlich beendete der tiefe lange Sturz den Alptraum von Stefan und Daniela Strauss.

39

Sie verbrachten den ganzen Tag im Hotel.

Oliver langweilte sich und war froh, dass es am Nachmittag mehrere Kochshows im Fernsehen gab. In einer ging es um einen Wochenwettbewerb, bei dem täglich ein Kandidat ausschied, die andere wurde von einem aufgedrehten Humorbolzen geleitet, der seine Kochkandidaten schulterklopfend behandelte wie Kinder. Dennoch war es immer wieder spannend zu sehen, was mit einfachsten Mitteln auf den Teller gezaubert wurde.

Oliver war sich der Blicke seines neuen Freundes bewusst. Er wunderte sich, dass diese Blicke so anders wirkten als noch am Tag zuvor. Er wusste jedoch auch, dass er seinen Wahrnehmungen in dieser Hinsicht nicht trauen konnte.

Einmal meinte er sogar, Zorn in der stets wieder fremden Mimik des Mannes wahrgenommen zu haben. Aber warum sollte Franco zornig sein? Freute er sich nicht auch auf den Kochkurs heute Abend?

Die meiste Zeit des Tages verbrachte Franco vor seinem Laptop.

Essen ließ er ihnen von einem Pizzadienst bringen.

»Gibt es heute Abend viel zu essen?«, fragte Oliver.

»Warum?«

»Dann würde ich hungrig bleiben, damit mehr Platz hier drinnen ist.« Er klopfte sich auf den Bauch.

»Bis dahin wirst du wieder hungrig sein«, sagte Franco.

Endlich war es soweit.

Franco rief ein Taxi. Er murmelte dem Fahrer eine Adresse ins Ohr. Und los ging es.

40

Blong! Eine SMS.

Will öffnete sein Smartphone.

Er las und fasste es nicht.

Vor weniger als einer Stunde hatte man auf Cran Canaria einen Fiat Panda gefunden, der in eine Schlucht gestürzt war. Da das Verkehrsamt der Insel sehr viel Wert auf Sicherheit legte und alle Straßenränder erst kürzlich neu gesichert hatte, konnten diese nur mit Gewalt durchbrochen werden. In dem Fahrzeug befanden sich zwei Deutsche. Offensichtlich hatten sie Selbstmord begangen.

Will ahnte, was er lesen würde und scrollte mit dem Daumen den Text weiter.

Daniela und Stefan Strauss!

Er schnaufte und sein erster Impuls war, Elvira anzurufen.

Doch da die SMS von ihr kam, konnte er sich den Anruf vorerst sparen.

Sie wollte nicht mit ihm telefonieren, sonst hätte sie es getan. Vermutlich hatte sie sehr viel zu tun – mit ihren Leuten, mit Wills ehemaligen Kollegen. In seinem Schädel pochte es, eine Frau hätte vermutlich von einer beginnenden Migräne gesprochen.

Stress!

Warum hatte er das freundliche Ehepaar alleine gelassen?

Warum hatte er sie nicht direkt in Gewahrsam nehmen lassen?

Er hatte sie sich selbst überlassen.

Wieder erlebte er, dass der Beruf des Polizisten oder Ermittlers nur zu oft mit einem Gefühl der Schuld einherging. Nur selten war es allen recht zu machen. Stets blieb etwas auf der Strecke, und wenn es die eigene Karriere war. Warum tat er sich das an? Er war ein Bestsellerautor, sein Konto war prall gefüllt.

Er belog sich.

Was würde er in seinem zweiten Buch berichten, das in acht Monaten fertig sein musste? Den gleichen ausgelutschten Serienkillermüll, der die Seiten zahlreicher Bücher verstopfte und über den heutzutage fast jedes Kind Bescheid wusste - oder etwas Neues, einen originellen Plot?

Dem Serienkiller auf der Spur.

Wenn aus Freunden Feinde werden.

Ein Kind in den Klauen des Killers.

Rettung in letzter Sekunde.

Das verkaufte sich.

Will schämte sich. Er war sich bewusst, dass er den einen Tod starb, um zu überleben, da er seinen fadenscheinigen Ruhm vorerst nicht hergeben wollte.

Genauso wenig wie Elvira Kreidler. Sie hatte sich an ihn erinnert und ihm eine Chance geboten, die Gold wert war. Außerdem wusste sie, wie man einen erschöpften Mann mit einem Badeschwamm verwöhnte.

Er dachte und fühlte wie ein Halbwüchsiger, und das verrückte daran war:

Er genoss es! Er fühlte sich jung, agil, an einem neuen Anfang. Konnte er sich ein Leben mit Elvira vorstellen? Durfte er das überhaupt, nachdem er vor wenigen Monaten meinte, in Janine verliebt gewesen zu sein?

Ein römischer Dichter hatte einst gesagt, es gebe hundert Gründe immer verliebt zu sein.

Na also!

Er nippte an dem Segafredo-Kaffee, ein unsägliches italienisches Gebräu, viel zu stark, aber allerorts vertreten. Was fanden die Leute daran? Es ähnelte deutschem Kaffee so wie eine Kröte einem Saurier.

Die Welt dreht sich weiter, eine lapidare, viel zu oft zitierte Wahrheit, doch ihm fiel nichts Besseres ein. Schließlich legte er drei Euro auf den Tisch und ging hinaus, ohne die Tasse geleert zu haben. Er atmete die Berliner Luft.

Er hatte Rieger gefunden und den Mord an den zwei Schülern aufgeklärt, da biss die Maus keinen Faden ab. Diesen Ruhm konnte er für sich verbuchen. Und Elvira würde sich erkenntlich zeigen, wie auch immer.

Nun waren die Profis gefragt.

Und zu denen gehörte er nicht mehr.

Obwohl ... er wäre nicht Will Prenker, wenn er es nicht wenigstens versuchte. Vielleicht konnte er doch etwas erreichen. Er würde noch einmal Uwe Caffé besuchen.

41

Zur selben Stunde parkten Limousinen der Spitzenklasse vor dem Flughafen Tegel. Es handelte sich um zwei Audis.

Chauffeure sprangen heraus und rissen die Türen auf.

»Herzlich Willkommen, Mr. Chang.«

»Herzlich Willkommen in Berlin, Mr. Líu.«

Die beiden kleinen Männer in schwarzen Anzügen mit weißen Hemden und modischen Krawatten stiegen in eines der Autos. Sie legten ihre Aktenkoffer auf den Sitz und warteten. Nicht viel später traten zwei weitere Männer durch die Schwingtür. Sie waren dezent gekleidet, nicht in schwarz, sondern mausgrau, schlank geschnitten, elegant.

»Herzlich Willkommen, Monsieur Ledoux.«

»Schön dass Sie da sind, Monsieur Bonnet.«

Der erste Audi fuhr davon.

Dreißig Minuten später schoben sich zwei Frauen auf den Bürgersteig. Sie hatten jeweils einen kleinen Koffer bei sich, den der Chauffeur ihnen geflissentlich abnahm und im Kofferraum verstaute. Er verbeugte sich und begrüßte jede der Damen mit einem angedeuteten Handkuss.

»Mrs. Walker, schön, dass Sie da sind.«

»Señora Dilello, wir freuen uns auf Sie.«

Die Frauen trugen einfach geschnittene Kleidung, die Figur betonend, und wirkten wie Geschäftsfrauen auf dem Weg zu einem wichtigen Meeting.

Eine dritte Limousine fuhr erst jetzt vor, da der Flieger der folgenden Gäste später kam.

»Mijnheer van Hintjen. Willkommen in der Hauptstadt.«

»Mr. Golubew. Ich hoffe, sie hatten einen guten Flug?«

Geschäftskleidung. Maßgefertigte Schuhe.

Button-Down-Kragen. Blitzende Manschettenknöpfe und tadellose Frisuren.

Die letzten zwei Gäste kamen aus Deutschland. Einer aus Berlin, der andere aus Düsseldorf. Zehn internationale Gäste. Acht Männer und zwei Frauen.

Sie alle hatten eine gemeinsame Leidenschaft: Sie waren Gourmets.

42

Justizvollzugsanstalt Berlin Moabit, Ebene 3, Raum 214.

Zwei Männer, gegenüber an einem Tisch. Neonbeleuchtung, eine Stahltür, eine Gittertür, keine Fenster.

»Schön, Sie wiederzusehen, Herr Prenker«, sagte Uwe Caffé jovial. Er stützte sich auf die Tischplatte.

Erneut war Will erstaunt, wie schmal dieser Mann wirkte, Typ Buchhalter mit freundlicher Ausstrahlung.

Caffé sagte: »Ich vermute, Sie haben einen wichtigen Grund, um mich nach so kurzer Zeit wieder zu besuchen.«

Wie gewählt der Mann sich ausdrückte. Will blickte ihn an und begriff, dass er Uwe Caffé unheimlich und sympathisch gleichermaßen fand. Zuerst berichtete er, dass er Rieger und den Jungen gefunden hatte. Er ließ nichts aus.

Caffé lächelte. »Sagte ich nicht, dass Sie wieder ein Bulle sein sollen? Nun hatten Sie Erfolg. Ich gratuliere Ihnen. Das gibt Ihnen Stoff für ein weiteres Buch.«

»Was sagt Ihnen der Begriff Kochkurs?«

Caffé blinzelte. »Deshalb sind Sie hier? Wollen Sie gemeinsam mit mir kochen?«

»Unsinn«, sagte Will.

Dann erzählte er die weitere Geschichte und von seiner Annahme, dass es sich nicht um einen Kochkurs handelte.

»Also ist Dr. Rieger wieder in Berlin«, stellte Caffé sachlich fest. »Und er hat einen kleinen Mörder im Gepäck. Pikant, dass es ausgerechnet der Mörder seiner über alles geliebten Tochter ist. Können Sie sich vorstellen, was Rieger mit dem Bengel macht, wenn er das erfährt ... falls das nicht schon geschehen ist.«

Will grauste es bei der Vorstellung.

»Herr Prenker, das stellen wir uns besser nicht vor.« Caffé nickte und wirkte nachdenklich. Sein Kopf schnellte hoch, die Augen blitzten kalt. »Warum sollte ich Ihnen helfen?«

»Um das Leben des Jungen zu retten.«

»Mitgefühl bedeutet Leidenschaft für alle. Diese Leidenschaft besitze ich leider nicht. Lesen Sie sich die Akten von Dr. Rieger durch und Sie wissen, mit wem Sie sprechen.«

»Sie sind ein kranker Mann, Herr Caffé.«

»Das bezweifele ich nicht.«

»Hesse sagte, man solle lernen, eine Zeitlang mehr an andere als an sich zu denken. Es sei der einzige Weg zur Heilung.«

»Und wer sagt Ihnen, dass ich geheilt sein will?«

Will stutzte. Ja, verdammt, wer sagte das? Caffé fühlte sich in seiner Rolle offensichtlich wohl, vermutlich hielt sie ihn am Leben und erleichterte seine Zeit im Gefängnis.

»Mitgefühl, Herr Caffé. Der Junge hat Ihnen nichts getan.«

»Das hatten meine Opfer auch nicht. Außerdem ...« der Mann lächelte breit. »Warum sind Sie so unerschütterlich in Ihrem Glauben, ich wisse etwas von diesem ... Kochkurs?«

»Weil es sich um ein Codewort handeln muss ...«

»Ich weiß, was Sie meinen, Prenker. Sehen Sie, Dr. Rieger hat meinen Intellekt stets respektiert. Er war bisher der einzige Mensch, der das tat. Hier behandelt man mich wie Abschaum, und glauben Sie mir, die Gefängniswärter in einem deutschen Gefängnis sind nicht viel besser als die eines US-Knasts. Arme Seelen, die sich im wirklichen Leben nicht zurechtfinden und sich freiwillig einsperren, um das zu besitzen, was ihnen die Gesellschaft sonst nie zugestehen würde: Macht! Sie alle respektieren mich nicht, Mann. Halten Sie mich also bitte nicht für blöd!«

»Verzeihen Sie«, sagte Will. »Das hatte ich nicht vor.«

»Wie klein ihr alle seid, wenn ihr etwas wollt, wenn euch der Arsch auf Grundeis geht, nicht wahr? Am liebsten würden Sie mir das Gesicht polieren, doch für Ihr Ziel spielen Sie den unterwürfigen Ex-Polizisten.«

Will legte die Handflächen auf den Tisch, eine endgültige Geste, bevor er aufstehen und gehen würde.

»Warten Sie«, deutete der Gefangene die Geste richtig.

»Warum sollte ich das tun, Caffé? Sie können oder wollen mir nicht helfen. Vermutlich, weil Sie Ihren Freund Rieger schützen wollen.«

»Ich bat Sie zu warten.«

Will lehnte sich zurück und zog theatralisch die Handflächen über den Tisch und ließ sie auf seine Knie sinken. Die Männer taxierten sich und für eine Weile herrschte eine unangenehme Stille.

»Ich möchte einen iPod, gefüllt mit 10.000 Musiktiteln verschiedener Stilrichtungen, sowie zwei In-Ear-Kopfhörer. Zusätzlich zur Musik sollten wenigstens 20 Komplettlesungen verschiedener Bücher, die ich auflisten werden auf dem Player sein. Selbstverständlich benötige ich auch das entsprechende Ladegerät.«

Will zog die Brauen in die Höhe.

Damit hatte er nicht gerechnet.

»Ich werde mich gleich abholen lassen und mich umhören. Wenn es etwas über diesen ominösen Kochkurs zu erfahren gibt, dann hier. Egal wie die Sache ausgeht, den iPod möchte ich trotzdem.«

»Und wer garantiert mir, dass Sie sich bemühen?«

Caffé schüttelte langsam den Kopf. »Da haben wir es wieder. Weil ich ein Mörder bin, bin ich noch lange kein Lügner.«

»Wer lügt, hat die Wahrheit immerhin gedacht.«

»Schön gesagt, Prenker. Aber nicht mein Stil. Es ist ziemlich gefährlich, anderen etwas vorzumachen, denn es endet stets damit, dass man sich selbst etwas vormacht. Ich wäre ein Narr, wenn ich das täte. Nur die Wahrheit lässt mich diesen verdammten Scheiß hier ertragen.«

Das erste Mal, seitdem Will mit Uwe Caffé redete, sah er hinter der beherrschten Fassade die Furcht vor den vielen, vielen Jahren, die noch vor ihm lagen. »Sobald ich etwas erfahre, teile ich es Ihnen mit. Ich vermute, die Gefängnisleitung ist informiert?«

»Bitte beeilen Sie sich. Wir haben kaum noch Zeit.«

Caffé stand auf. »10.000 Musikstücke und wenigstens zwanzig sehr lange Hörbücher, okay? Das muss für eine lange Zeit reichen.«

Will nickte.

43

Das Taxi hielt in einer Seitenstraße. Der Fahrer starrte Franco und den Jungen an und sein Unterkiefer klappte herunter.

Franco begriff diese Mimik sofort. Der Mann hatte ihn erkannt.

Wieso? Franco hatte einen Bart, seine Sonnenbrille und die Baseballkappe. Es konnte sich also nur um den Jungen handeln, weshalb er identifiziert wurde. Also war etwas geschehen, das er nicht geplant hatte. Wusste die Polizei, dass er in Berlin weilte? Und falls ja, woher und warum?

Franco reichte dem Fahrer einen 100-Euro-Schein.

»Reicht das, um zu schweigen?«

»Ja«, nickte der Fahrer und sah Franco erstaunt an, als fürchte er, der bärtige Mann könne Gedanken lesen.

»Ich habe mir Ihre Fahrernummer gemerkt.«

»Ich weiß«, antwortete der Mann, ein deutscher Türke ohne Akzent. Zwei fette Schweißtropfen liefen über seine Stirn.

»Warum schwitzen Sie?«, wollte Franco wissen.

Erstaunt folgte Oliver dem seltsamen Gespräch.

»Ihr Foto war in den Nachrichten«, sagte der Taxifahrer. »Und das von dem Jungen.«

Was, um alles in der Welt, war geschehen? Warum war die Polizei ihnen beiden auf den Fersen? Unwichtig! Darum musste Franco sich später kümmern.

Der Taxifahrer war weder ein Narr noch ein Feigling. Dafür erlebten Berliner Taxifahrer zu viel. »Mich interessiert das nicht. Ihr Trinkgeld ist großzügig, außerdem kennen sie meine Fahrernummer. Sie würden mich überall aufspüren.«

»Das ist es.«

»Was glauben Sie, wen alles ich wohin fahre? Sie würden staunen. Würde ich ein loses Mundwerk haben, könnte ich mir eine goldene Nase verdienen. Mit den Paparazzi. Mit der Presse und nicht selten mit der Polizei. Oder ganz schnell auf der Müllhalde landen, wenn Sie verstehen.«

Franco begriff.

»Sie sind also diskret?«

»Immer! Angela Merkel könnte in meinem Taxi sitzen und sich in einen Swingerclub fahren lassen. Sie wäre völlig sicher.«

»Das freut mich«, sagte Franco.

»Sind wir da?«, fragte Oliver.

Franco nickte. »Du kannst aussteigen.«

Bevor er die Tür schloss, steckte er noch einmal den Kopf in den Mercedes. »Haben Sie Frau Merkel schon mal in einen Swingerclub gefahren, mein Freund?«

Der Taxifahrer grinste breit. Seine Schweißtropfen waren verschwunden. »Das wollen Sie nicht wissen.«

Dann brauste er davon und die Lichter wurden eins mit den Lichtern der Großstadt, über der die Sonne untergegangen war.

Franco sicherte nach allen Seiten. Er wurde das Gefühl nicht los, beobachtet zu werden. Was, wenn der Hotelier sie erkannt hatte? Wartete hier irgendwo ein Sondereinsatzkommando?

»In welchem Stadtteil sind wir?«, fragte Oliver, der während der Fahrt den Überblick verloren hatte.

»Das ist nicht wichtig.«

»Wir sind von Charlottenburg lange gefahren. Aber in Berlin sind wir noch oder schon im Osten?«

Franco lachte. »Im Osten? Wie redest du denn, mein Junge? Wir sind ein einiges Deutschland.«

»Mein Vater sprach trotzdem immer über den Osten.«

Franco verzog das Gesicht. »Na ja – so ganz unrecht hat er damit auch nicht.«

Die Straße, in der sie standen, wirkte einsam und verlassen. Alter Kopfstein, düstere Fassaden. Nicht weit entfernt ein klobiges Gebäude, das wie ein Werksgebäude wirkte.

Franco ging voran, Oliver folgte ihm. Ein merkwürdiger Ort für einen Kochkurs.

Andererseits schienen diese Fernsehköche merkwürdige Gesellen zu sein. Schon ihre äußere Erscheinung wies auf eine milde Form des Wahnsinns hin und wenn es das nicht war, meinte Oliver dies an ihrer Art und Weise festzustellen, wie sie sich präsentierten. Laut. Extrovertiert, wie Erwachsene es nannten.

Dieser Tim Mälzer zum Beispiel wirkte manchmal wie ein Rumpelstilzchen, der einen Zaubertrank bereitete. Oder Steffen Henssler, der die Topfgeldjäger moderierte, ein hyperaktiver Playboy. Horst Lichter mit seinem seltsamen Bart und den schrägen Scherzen oder Johann Lafer, der sich noch größere Zähne hatte machen lassen als Stefan Raab und einen Privathubschrauber flog. Und der Oberwahnsinnige war der Brite Gordon Ramsey, der wie ein explosiver, grausamer GI in Küchen einfiel oder ebenso sein »Hell's Kitchen« in Las Vegas leitete.

Sie alle waren Stars.

Warum also sollten sie ihren Kochkurs nicht an einem Ort wie diesem veranstalten? Stars waren komische Leute.

Franco und Oliver näherten sich dem düsteren Gebäude. Es fing an zu regnen. Oliver achtete nicht darauf. Sein Herz pochte. Gleich würde er etwas Wunderbares erleben, und zu verdanken hatte er das Franco, seinem neuen Freund.

Den befremdlichen Dialog im Taxi versuchte Oliver zu verdrängen. Franco wusste, was er tat.

Der Regen wurde stärker und sie liefen jetzt schneller, um nicht nass zu werden.

Franco hastete über einen Hof.

Um einen Gitterzaun herum.

Dann zu einer Treppe, die in einen Keller zu führen schien.

Sie hatten die oberste Stufe noch nicht betreten, als sich ein Mann aus der Dunkelheit schälte.

»Passwort?« Seine Stimme war dunkel und breit wie seine Schultern.

»Peppermint«, sagte Franco.

»Willkommen, Doktor«, sagte der Mann und trat zur Seite.

Franco hielt inne. »Sind die Gäste schon da?«

»Ja, alle, Herr Doktor.«

»Sehr gut. Auch Herr Burgmester?«

»Er bereitet sich vor.«

Olivers Herz machte einen Hüpfer. Hatte er das richtig verstanden?

Burgmester?

Vincent Burgmester?

Eine Stahltür öffnete sich und Oliver stolperte hinter Franco in einen schmalen Gang, der sich lang vor ihnen erstreckte und von kaltem Licht beleuchtet wurde.

»Immer geradeaus, Herr Doktor. Sie werden es finden«, sagte der bullige Mann.

Franco bedankte sich, dann schlug die Tür hinter ihnen zu. Es war kühl und roch nach Feuchtigkeit. Mit einem geschmackvoll eingerichteten hellen Fernsehstudio oder einer chromblitzenden Küche hatte das nichts zu tun. Oliver beschloss, vorerst noch zu schweigen und trottete hinter Franco her.

Vincent Burgmester!

Burgmester besaß 4 Michelin-Sterne und gehörte zu den berühmtesten Köchen des Landes.

Sein Restaurant »Die Möhre« war für die nächsten zwei Jahre ausgebucht und es gab kein Menü unter 170 Euro. Bei 100 Plätzen täglich war das eine lukrative Einnahmequelle.

Doch noch mehr verdiente Burgmester mit seinen Fernsehauftritten, die in Großveranstaltungen gipfelten.

Erst kürzlich hatte er vor 8.000 Menschen in der Lanxess-Arena gekocht, ein einzelner Mann auf der Bühne und auf einer großen Leinwand, der eine so große Menschenmenge begeisterte, indem er ein Menü zubereitete, das jedermann aus einem seiner vielen Bücher nachkochen konnte.

Man munkelte, an so einem Abend verdiene er um die 300.000 Euro. Nur deshalb, weil er tat, was er jeden Tag machte. Es war wundervoll!

Burgmester war einer seiner absoluten Helden, abgesehen von Horst Lichter, der nicht einen Stern hatte, zu keiner prominenten Kochgesellschaft eingeladen wurde und sich dennoch durchgesetzt hatte. Außerdem war der Mann schon zweimal klinisch tot gewesen und hatte es trotzdem geschafft, seinem Leben einen Sinn zu geben. Wow! Als Koch war Lichter ein Nichts, im Fernsehen ein Star, als Mensch jemand, der den Erfolg verdient hatte.

Sie kamen an eine weitere Metalltür.

Franco zog sie auf und Licht blendete Oliver.

Sie traten ein, sofort wurde es warm und es duftete nach Fett und Gewürzen.

Oliver blinzelte und versuchte, sich zu orientieren. Dann sah er es.

Ein großer Raum, eine wunderbar eingerichtete Küche, viel zu groß für nur einen Abend, Töpfe, Pfannen, Behältnisse, Öfen mit und ohne Gas, Schnellspülmaschinen, schon vorbereitete Salate und ... Vincent Burgmester.

44

Er sah genauso aus wie im Fernsehen.

Ein flaches Gesicht mit einer zu großen Nase, der weiße Schnauzbart und die kohlrabenschwarzen glatten Haare, korrekt in der Mitte gescheitelt. Ein Mann mit Wiedererkennungswert. Sein Bauch war außergewöhnlich dick, obwohl deutsche TV-Köche stets aussahen, als würden sie ihre eigenen Speisen nicht essen, sondern an Kohlrabis oder Karotten nagen. Auch das mochte Oliver an Vincent Burgmester. Der Mann sah aus, wie man sich einen Koch vorstellte.

Hinzu kam, dass Burgmester weder grau noch schwarz trug, sondern eine klassische Kochbekleidung ohne eingesticktes oder aufgedrucktes Monogramm. Seinen Kopf zierte keine hohe Kochmütze, sondern eine niedrige weiße Kappe, die einer Baskenmütze glich. Ein toller Typ, dachte Oliver, der so viel Begeisterung empfand, dass er nicht begriff, warum man ihm unterstellte, er verfüge über keine Empathie.

Die Küche war ein Zauberraum.

War pure Magie.

Hier gab es alles, was es in einer Küche geben konnte: Siebe, Löffel in allen Größen und Utensilien, die Oliver noch nie gesehen hatte.

Es gab zwei weitere Köche, wahrscheinlich war einer von ihnen der Souschef. Burgmester war der Maitre de Cuisine und für die Saucen zuständig, denn für die meisten Köche galt: Die Sauce ist der Boss, also macht sie der Boss! Der dritte war ein junger Mann, vermutlich der Commis de Cuisine, der Hilfskoch.

Oliver fühlte sich wie im Wunderland und für Momente verspürte er für Franco eine tiefe Zuneigung.

Ein anderer Mann kam hinter dem Regal hervor. Er wirkte grobschlächtig und schien nur aus Muskeln zu bestehen.

»Gefällt es dir hier?«, fragte Franco.

»Toll!«

»Du bist der junge Mann, der uns versprochen wurde?«, fragte Burgmester mit seiner aus dem Fernsehen bekannten Stimme, die genauso klang wie Oliver sie kannte.

»Bin ich der einzige Schüler heute?«

Burgmester blickte Franco an, dann grinste er breit. »Schüler?«

Oliver wartete.

Burgmester räusperte sich, nachdem Franco genickt hatte. »Ja, mein Schüler, selbstverständlich bist du das.« Sein fragender Blick streifte Franco, was Oliver nur als Hauch wahrnahm.

Von nebenan tönten Stimmen und leise Musik.

Oliver blickte in die Richtung der Geräusche. Also da warteten die andern Schüler. Kein Wunder, dass Burgmester über seine Frage erstaunt gewesen war. Die Musik klang fröhlich und schließlich mischte sich mit Gelächter.

Es war das Gelächter von Erwachsenen.

»Willst du sie sehen?«, fragte Franco.

Oliver begriff die Frage nicht, dennoch nickte er.

»Dann komm mit.«

Oliver folgte Franco und sie traten durch eine schmale Tür. Der Anblick blendete Oliver. Ein Speisesaal, so schön und funkelnd, wie er es noch nie gesehen hatte. Und alles das hier im Keller des grauen Gebäudes?

Der Speiseraum war wunderschön geschmückt, auf einer kleinen Bühne spielte ein Trio dezente Tanzmusik.

Der einzige Tisch im Raum war groß und rund. An ihm saßen acht, neun, zehn Personen. Zwei Frauen, acht Männer, zählte Oliver.

»Das sind keine Schüler«, sagte Oliver.

»Nein«, gab Franco zurück. »Das sind die Gäste, für die gekocht wird. Sie werden die halbe Nacht hier sein und das Menü von Meister Burgmester genießen.«

»Du hast gesagt, sie kommen aus der ganzen Welt.«

»Schau sie dir an. Bis auf zwei Männer sind sie alle aus dem Ausland.«

»Wow!« Oliver staunte.

»Lass uns eintreten.«

Oliver versuchte, sich zu sträuben, doch Franco zog ihn hinter sich her, dann schob er Oliver vor sich und hob die Hände. »Darf ich präsentieren: Oliver Strauss!«

Die Anwesenden verstummten, ihre Gespräche versickerten, einen Atemzug lang schwiegen sie, dann hellten sich ihre Gesichter auf und sie fingen an zu applaudieren. Sie erhoben sich und klatschten.

Oliver traute weder seinen Augen noch seinen Ohren.

Franco nahm ihn und zog ihn zurück in die Küche. »Das genügt fürs erste.«

Was soll das?

Oliver hatte das Gefühl, in einen Traum geraten zu sein. Warum sollte man einem Jungen bei einem Kochkurs applaudieren.

Weil es kein Kochkurs ist!

Egal, was hier stattfindet, aber das ist kein Kochkurs!

Vincent Burgmester legte Oliver einen Arm um die Schultern. »Haben dich die vielen Gäste erschreckt?«

»Ich dachte, das sei ein Kochkurs«, stammelte Oliver.

Burgmester runzelte die Stirn.

»Ein Kochkurs, aha. Ich würde mich freuen, wenn du mir attestierst.«

»Wirklich?«

»Na klar. Schließlich ist jede fleißige Hand in einer Profiküche gefragt. Und du scheinst jemand zu sein, für den die Kochkunst eine Leidenschaft ist, oder?«

»Ich bewundere Sie sehr, Herr Burgmester.«

»Ach, das tun so viele, mein Junge.«

»Aber sie haben doch recht. Wenn Sie kochen ist das, als ginge die Sonne auf. Alleine schon ihre Ausführung zur Handhabung von Chili oder wie man bunten Pfeffer nutzt. Ich wusste bis damals nicht, dass Pfeffer erst dann seine Geschmacksöle freigibt, wenn man ihn mitkocht oder brät, denn so viele alte Kochbücher sagen was anderes.«

»Pfeffer ...«, echote Burgmester und ließ Oliver los.

»Herr Burgmester. Wenn man bedenkt, dass noch mehr als die Hälfte deutscher Hausfrauen Fleisch oder anderes Bratengut in kaltes Fett legen, solange ist das, was Sie tun, wichtig. In kaltes Fett, igitt! Das Fleisch saugt sich dann voll und ist ungenießbar, macht krank und dick. In siedendes Fett muss es, damit sich die Poren des Fleischs sofort schließen. 80 Prozent aller deutschen Hausfrauen wissen nicht, wie man ein knuspriges Spiegelei zubereitet.«

»Du hast gut aufgepasst.«

»Seitdem ich Ihre Sendungen sehe, verzichte ich auf Natriumglutamat. Nun haben Papa und Mama viel weniger Kopfschmerzen und ich habe nicht mehr diesen komischen Belag am Gaumen.«

Burgmester sah ihn an, als habe er vergessen, was er im Fernsehen gepredigt hatte. »Na ja, stimmt schon. Mit diesem Zeug schmeckt alles gleich, außerdem ist es suchtauslösend, man kann also nicht aufhören zu essen und es macht krank.«

»Ja, eben. Das meinte ich.«

»Du bist ein schlaues Kerlchen. Wie alt bist du? Fünfzehn?«

»Zwölf, in ein paar Tagen dreizehn.«

»Ja, so wurde es uns mitgeteilt.« Der Spitzenkoch starrte Franco an und Oliver las die Körpersprache des Mannes, den er zwar sofort erkannt hatte, doch dessen Bild immer mehr verschwamm, wodurch sich neue Bilder schufen, die letztendlich von dem Schnauzbart zusammengehalten wurden.

Burgmester war wütend. Seine Finger öffneten und schlossen sich wie die von Clint Eastwood, bevor er zur Waffe griff. Er stand unter Spannung.

Von nebenan drang Heiterkeit in die Küche.

Zwei Kellner, die Oliver bisher noch nicht wahrgenommen hatte, servierten Getränke, offensichtlich auch Hochprozentiges.

»Es wird Zeit, dass wir beginnen«, sagte Burgmester. »Sonst fange ich noch an, den Kleinen zu mögen.«

»Einverstanden«, antwortete Franco.

»Ist alles bereit?«, fragte Burgmester.

Der Koch mit den Muskeln, ein Hüne, kam zu ihm. »Alles klar, Chef.«

»Dann hole sie rein.«

»Okay.«

Burgmester machte eine flüchtige Handbewegung. »Und vergesst nicht, die Kameras einzuschalten. Unsere Gäste zahlen dafür. Ich will keine Pannen erleben, ist das klar? Jeder Arsch auf dieser Welt zahlt.«

Franco wollte etwas sagen, aber Burgmester fauchte: »Und Sie halten sich jetzt abseits. Sie haben Ihr Geld verdient - hoffe ich. Ihr Job ist getan, Dr. Rieger.«

Oliver hörte genau hin.

Dr. Rieger?

Kochkurs?

Und nun wirkte Burgmester wie ein Soldat, der einen Untergebenen maßregelte.

Franco
(Dr. Rieger?)
nahm Oliver und sie gingen zur Spüle, wo sie stehen blieben wie brave Schüler, die auf den Direktor warteten.

Der Mann mit den Muskeln verschwand, dann kam er zurück. Er schob ein auf Rollen gelagertes Gestell in die Küche.

Oliver traute seinen Augen nicht.

An dem Gestell hing kopfüber ein Kind, offensichtlich ein Mädchen, nicht älter als vier oder fünf Jahre.

Es war nackt.

Das Kind war an den Füßen festgebunden, die Hände hinter dem Rücken. Der Hüne fixierte das Gestell, ging weg und kam mit einer großen Metallpfanne zurück, die er unter das Gestell schob.

Das Mädchen weinte und wimmerte.

Erneut entfernte sich der Hüne. Er kam mit einer Kettensäge zurück, die er auf eine Arbeitsfläche legte.

Nebenan hatte die Musik aufgehört.

Es war totenstill geworden.

Burgmester blickte Oliver an und sagte: »Und nun tue, warum du hier bist. Und zwar bald, sonst läuft uns die Zeit weg. Du weißt doch, junger Freund, in einer Küche zählt nur die Disziplin.«

45

Nach dem Mord an Janine war Mark Rieger voller Panik und Fluchtinstinkt in den Stadtteil Siemensstadt gefahren, um sich einen neuen Pass zu besorgen. Die Kosten für einen gefälschten Ausweis lagen bei 10.000 Euro. Vielleicht hätte er ihn auch für 6.000 Euro bekommen, doch er war zu aufgelöst, um zu handeln, was sein Geschäftspartner und die Informanten selbstverständlich wahrnahmen.

Er musste das Land verlassen.

Er hatte eine Frau vor den Augen eines Ermittlers getötet.

Man würde ihn jagen wie einen Hasen.

Während der Fälschung ging er in eine Bar, trank zwei Cola, dann trieb ihn die Ungeduld zurück. Mark saß erschöpft in einer winzigen Kammer und wartete. Es war ein muffiger Raum mit einer löcherigen Couch. Er wurde mit Mineralwasser und Zigaretten versorgt.

Das Wasser trank er, die Zigaretten ließ er unbeachtet. Seine Nerven glühten und da er noch ein Teil des Mannes war, der einst als Psychologe für Gerichte und das Landeskriminalamt gearbeitet hatte, fühlte er sich krank und schuldig.

Janine hatte ihn reingelegt. Was geschehen war, hatte nicht sein müssen. Er fasste es nicht. Es würde seine Zeit brauchen, um das zu verarbeiten.

Die Tür öffnete sich und ein kleiner Mann huschte in die Kammer. »Alles klar, Mann?«

»Wie lange dauert es noch?«

»Wenn Wolle was macht, dann richtig. Er is' ein echter Künstler, verstehst'e? Er is' ein Michelangulos vonne Ausweise. Is' schwieriger geworden, vor allem das mit dem Foto.«

»Hoffen wir, Ihr Wolle versteht was von seinem Geschäft.«

»Se sind ein ganz schön arroganter Schnösel, watt?«

»Wie kommen Sie darauf?«

»Eigentlich scheißen Se sich am liebsten voll vor Angst, aber wenn'se hier so sitzen, wirken'se total cool.«

»Glauben Sie mir, ich bin nicht cool.«

Nein, er hatte Angst, war mit den Nerven am Ende und wusste weder ein noch aus.

»Isses ne Geldsache, wegen der Sie abhauen müssen? Sind se so einer von den Managers, die andere ausgenommen haben?«

»Es hat nichts mit Geld zu tun. Davon könnte ich mehr gebrauchen, als Sie glauben.«

»Man kann viel Geld verdienen kann wenn man clever is'.«

»Ich verstehe nicht ...«

»Schon mal was vom Kochabend gehört?«

Was sollte der Unsinn?

Mark Rieger wollte weder etwas von einem Kochabend hören, noch sich weiterhin mit dieser Ausgeburt der Drogenszene unterhalten. Das war nicht seine Welt. Falsch! Nun war das seine Welt. Er hatte Probleme, das zu realisieren. Nun war er nicht besser als dieser kleine Mann. Vermutlich noch viel schlimmer dran, denn wenn man ihn ergriff, ging er für den Rest seines Lebens ins Gefängnis, wohingegen auf diesen Affen höchstens zwei oder drei Jahre wegen Drogenmissbrauchs warteten, wenn überhaupt.

»Geld verdienen?«, tat er höflich, als interessiere ihn das Geschnatter des Freaks.

»Jau, Mann. Kann man im Internet finden.«

»Und warum erzählen Sie mir das?«

»Weil ein Freund von mir dahin gegangen is' und nie mehr zurückkam. Das macht mich wütend. Bin ganz traurig außerdem. Irgendwas is' das mit dem Kochabend.«

»Und das findet man im Internet?«

»Jau, aber wo, das weiß ich nich'. Gibt da so ein Kotwort. Hört sich an wie Gänseblümchen. Gänseblümchen ... watt'n Scheißwort! Und die Seite hat was mit Kochen zu tun. Wer dabei sein will, muss 700.000 Euro zahlen.«

Mark verdrehte die Augen.

»Hören Sie bitte auf, sich auf meine Kosten lustig zu mache. Niemand zahlt 700.000 Euro, um bei einem Kochabend dabei zu sein. Oder um dort zu essen.«

»Hab was läuten gehört, Mann. Das Essen kostet so viel.«

»Höre Sie auf, meine Intelligenz zu beleidigen«, sagte Mark. »Ich stehe unter Stress.«

»Weiß ich doch, Mann. Wollt es auch nur gesagt haben. Einer wie Sie, so einer, der so eiskalt ist, der kann da richtig absahnen. Und vielleicht finden Se ja mein Freund Hotte.«

Mark wollte nichts mehr davon hören, außerdem begriff er es nicht.

»Was, zum Teufel, sollte mich reich machen? Ich begreife nicht, was Sie mir erzählen.«

»Eiskalt musste sein. Dachte auch mein Freund, der Hotte. Ging hin und kam nich' wieder.«

Der kleine Mann vertraute sich ihm an, ohne ihm etwas Bestimmtes sagen zu wollen. Dieses Wesen litt unter dem Verlust seines Hotte. Und er war voller Hass und Zorn.

»Hotte?«, fragte Mark instinktiv. Er konnte nicht aus seiner Haut. Seine Fragetechnik würde stets kontrolliert sein.

»Hotte ging ins Internet und fand die Seite. Hat lange gedauert, aber er wusste von Gänseblümchen. War einer, der andauernd am Computer war, nächtelang, oder total blöd auf sein Telefon geguckt hat. Andauernd Simse und so'n Scheiß. Und dann hat er mitgemacht bei dem Kochabend. Er hat mich geküsst und gesagt, wenn er zurückkommt, is' er reich. Und seitdem ist er weg.«

»Er ist weg.«

»Einfach verschwunden. Ich hab ihn gesucht, aber ich hab keine Ahnung nich von Computers. Und zur Polente geh' ich nich'. Sind sowieso Scheißärsche!«

»Und was hat Hotte dabei so reich machen sollen?«

Der Freak zog die Lippen von den Zähnen. Er grinste wie ein Dämon und seine Augen schleuderten Blitze. »Die essen nur was ganz Besonderes. Und dafür zahlen die 700.000 Euro für ein Abend. Und Hotte hatte das, was die essen.«

Mark schwieg, war ganz Therapeut. Er war an Narreteien gewöhnt, also versuchte er, geduldig zu bleiben, obwohl seine Nerven loderten.

»Sie essen Menschenfleisch, Mann. Sie treffen sich, um Menschenfleisch zu essen.«

Mark runzelte die Brauen. »Aha.«

»Ja, wirklich.«

Ein Wahnsinniger. Ein Mann, der zu viele Drogen genommen hatte, dessen Hirn aufgeweicht war.

»Und wie kommen Sie zu dieser Annahme?«

Geduld! Die goldene Regel eines guten Therapeuten.

Der Freak kicherte und drehte sich um. »Ich guck mal, wie weit Wolle mit'm Pass ist.«

Mark war irritiert. Hatte er sich verhört? »Womit also kann man bei dieser Veranstaltung Geld verdienen?«

Der Mann drehte sich um, eine Hand auf der Klinke. »Woll'n Se das wirklich wissen oder halten'se mich für plemplem? Außerdem hab' ich's schon gesagt.«

»Ich möchte es wirklich wissen.«

»Is doch ganz einfach.« Er öffnete die Tür. »Indem man dem Koch das Fleisch liefert.«

Die folgenden Wochen verbrachte Mark im Internet.

Gänseblümchen!

Das Wort verfolgte ihn in seine Träume und beherrschte jede freie Sekunde seines Tages.

Gänseblümchen!

Er surfte im Internet.

Hatte der Freak sich einen morbiden Scherz erlaubt? Hatten er und Wolle, der den Ausweis fertigte, zusammengesessen und sich vor Lachen auf die Schenkel geschlagen? Vermutlich. Es war für bestimmte Menschen lustig, einen Biedermann mit grausigen Geschichten zu erschrecken. Andererseits wusste Mark aus Erfahrung, dass eine ganz bestimmte Wortwahl, auch wenn sie sehr einfach und simpel war, auf Unwahrheit oder das Gegenteil hinwies.

Und dieser Mann, dessen Namen er nicht erfragt hatte, hatte völlig wahrhaftig geklungen, ganz in Übereinstimmung mit seiner Körpersprache und seiner Gestik.

Während der Freak berichtete, hatte Mark dessen Augenspiel beobachtet.

Die Stellung der Augen wies auf Dinge hin, die einem Therapeuten viel über den Menschen verriet. Das nannte man Okulomotorik. Augenbewegungen geschahen unbewusst und sprachen die Wahrheit.

Je nach Stellung der Augen konnte ein Fachmann ablesen, ob sein Gegenüber sich in der Erinnerungsphase, in einer Phantasie oder der Gegenwart befand, und das waren nur die einfachen Strukturen.

Vor allen Dingen Lügen konnte man mittels der Okulomotorik bestens entlarven, beweisen jedoch konnte man sie nicht.

Das ging soweit, dass spezielle Traumaerkrankungen dadurch behandelt wurden, dass der Klient zu einer Reihe bewusster Augenbewegungen genötigt wurde, die bei ihm Bilder auslösen sollten, was oftmals auch geschah.

Durch die Bewegungen sollten verschiedene Gehirnzentren gezielt angesprochen werden und so ein Informationsfluss zwischen der rechten und linken Gehirnhälfte eingeleitet werden. Allerdings war diese Therapie sehr umstritten.

Augen verrieten mehr über Menschen, als die meisten von ihnen ahnten.

Der Freak hatte die Wahrheit gesagt. Ganz sicher!

Mark suchte wie ein Mann, dem der Heilige Gral versprochen worden war.

Hin und wieder fragte er sich, warum er das tat.

Es war unsinnig, die ganze Geschichte schien zu unglaublich, war zweifellos doch nur das Hirngespinst eines Drogenfreaks.

Und was, wenn er tatsächlich auf die Spur von Gänseblümchen kam? Was nützte es ihm? Er begriff, dass er letztendlich nichts anderes wollte, als seine Langweile totzuschlagen und sich zu vergewissern, ob er noch ein beobachtender psychologischer Fachmann war. Sein Stolz war der Auslöser. Warum war das so wichtig für ihn?

Um sagen zu können: Ich bin noch ein guter Psychologe!

Nein, er war ein vielfacher Mörder.

Und alles andere war Selbstbetrug.

Soeben wollte er sich aus dem Internet verabschieden, als er auf eine Seite geriet, die erstaunlich aussah. Ganz simpel.

Fast nur Text.

Mark hatte unzählige Websites gefunden, auf denen man zum Beispiel Haschisch und Gras direkt aus Holland bestellen konnte, Seiten, die so geschickt aufgebaut waren, dass er viele, viele Unterseiten durchforschen musste, um zum Kern zu kommen. Alle waren optisch ansprechend, wenn auch manchmal dilettantisch aufgebaut.

Zu seiner Erschütterung stieß er bei seiner Suche auch auf mannigfaltige Seiten, die Kinderpornos darboten, was ihn nicht nur ekelte, sondern verlockte, diese Seiten der Polizei zu melden. Er würde es später tun, soviel stand fest.

Wenn er sicherer war.

Das Internet war eine Welt, in der oberflächlich Informationen ausgetauscht wurden, doch wie in jeder Welt gab es eine Welt darunter. Ein Stockwerk und noch ein Stockwerk nach unten und dann unzählige Höhlen und Gänge, die zu Zielen führten, die ein gesunder Mensch nicht sehen wollte.

Er traf auf Seiten, auf denen Männer und Frauen sich begegneten, die sich gegenseitig töten wollten, gleichzeitig, um den Reiz der Wiedergeburt Hand in Hand zu feiern. Es gab Seiten, auf denen vorwiegend Männer darum buhlten, endlich eine Frau zu finden, die sie tötete und anschließend verzehrte.

Oder Seiten, wo Menschen ihre Exkremente verkauften und Fotos von Gestörten gezeigt wurden, die ihre Gesichter in Kothaufen vergruben. Und Seiten, auf denen Männer winselten, Zehen lecken und die getragenen Slips von Frauen auslutschen zu dürfen.

Harmlos im Gegensatz zu Seiten von verstümmelten Menschen, die sicher waren, sie hätten Gliedmaßen an sich, die nicht zu ihnen gehörten und diese ohne Betäubung abgetrennt wissen wollten. Und eine Seite, die karg und schlicht aufgebaut war und Gänseblümchen hieß.

Es dauerte weitere zwei Tage, bis Mark das Wort im endlosen Text gefunden hatte, welches er anklicken musste, um einen Link zu aktivieren, der ihn zu seinem Ziel führte.

Kochabend!

Umgehend nahm Mark Kontakt auf und wurde freundlich empfangen. Er offenbarte sich und outete sich als Dr. Mark Rieger, gesuchter Serienmörder. Ihn ritt der Teufel, doch er dachte, nichts zu verlieren. Auf dieser Onlineebene gab es keine Geheimnisse mehr.

Die Resonanz war überwältigend und formgewandt.

An diesem Tag verließ Mark seine kleine Wohnung und quartierte sich in das Hotel ein. Der Laptop war sein bester Freund und zwischen den All-inklusive-Mahlzeiten besuchte er weder Strand noch Pool, sondern lernte, wie er reich werden konnte.

Gänseblümchen stand für eine Gemeinschaft von Gourmets, die alles in ihrem Leben verzehrt hatten.

Von der letzten noch lebenden Schildkrötenart bis hin zu Schlangen, von denen er nicht geahnt hatte, dass es sie gab. Schließlich waren sie übereingekommen es mit Menschenfleisch zu versuchen.

Einmal im Jahr trafen sich diese Gourmets und labten sich. Jedes Mal wurde ein neues, originelles Menü serviert.

Stets war der berühmte Fernsehkoch Vincent Burgmester der Verantwortliche.

Jeder Teilnehmer zahlte 700.000 Euro. Dafür wurde er diskret zum Speisesaal gebracht und anschließend in ein gutes Hotel. Es gab Live-Musik und die allerorts angebrachten Kameras zeigten auf einer Großbildleinwand im Speisesaal, was in der Küche geschah und wie das Mahl bereitet wurde.

Zusätzlich wurde die ganze Aktion ins Internet gestreamt, wofür die User 10.000 Euro zahlten. 10.000 Euro für eine Nacht in ihrer kranken Phantasie, ohne auch nur ein Stück des Leckerbissens zu genießen. Für die meisten User war nicht das Essen der Kick, sondern das, was vorher geschah. Es handelte sich stets um das Fleisch eines Kindes, denn das war fein und zart. Das Kind wurde vor den Augen der Kamera getötet, ausgeblutet und zerschnitten. Das alles machte den Beobachtern so viel Freude, dass sie dafür ihr Portemonnaie öffneten. Ein Snuff-Video erster Güte. Garantiert kein Fake. Kein Film, der nach dem Tod des Hingerichteten endete, sondern weiterlief, immer weiter.

Das Opfer wurde ausgebeint.

Und schließlich gab es eine erstklassige Handkamera, mit der gezeigt wurde, wie der Koch das Fleisch und die Innereien verarbeitete.

10.000 Euro waren ein Spottpreis für dieses entzückende Erlebnis.

Sofort, nachdem sich Mark offenbart hatte, machte man ihn ein Angebot.

Er war ein Serienmörder?

Er solle das Fleisch besorgen und es schließlich töten. Wer außer ihm sollte das tun? Das wäre sensationell!

Es würde ihn reich machen!

Nachdem Mark den jungen Oliver Strauss kennengelernt hatte, kam ihm eine grandiose Idee, die seinen bisherigen Auftrag übertraf. Er teilte sie über Gänseblümchen mit. Man offerierte ihm auf der Stelle weitere 300.000 Euro und erhöhte den Preis für das Essen der geheimnisvollen 10 Gäste um denselben Betrag.

46

Elvira Kreidler musterte den jung geblieben wirkenden Mann.

David Normann sackte unter ihrem Blick in sich zusammen.

»Ich weiß, dass Sie Schweigepflicht haben, aber unter diesen Umständen sind Sie verpflichtet ...«

»Ich weiß«, gab David Normann trübe zurück.

»Also?«

»Oliver Strauss ist ein Soziopath. Er empfindet nichts, hat keine Gefühle und ich würde ihm zutrauen, Mitschüler zu töten.«

»Das ging aber schnell«, sagte Elvira.

»Es wäre sowieso darauf hinausgelaufen, oder?«

»Stimmt, Herr Normann.«

»Und nun?«

»Mochten Sie den Jungen?«

»Nicht wirklich. Nach langer Therapie verletzte er mich.«

»Deshalb sind Sie zornig auf ihn?«

»Selbstverständlich nicht.«

Normann log, erkannte Elvira. Er war in seiner Therapeutenehre gekränkt.

»Wenn Sie einen Patienten haben ...«

»Wir nennen sie Klienten ...«

»Okay, wenn sie einen Klienten haben, spielt sicherlich auch Sympathie eine Rolle, oder?«

»Auf jeden Fall. Auch wir Therapeuten sind Menschen. Es gibt da die sogenannte Übertragung.«

»Ein Klient wie Oliver ist auch für einen Kindertherapeuten nicht alltäglich.«

»So einem Menschen begegnet man vielleicht einmal im Leben.«

»Also war Oliver jemand, der Sie besonders forderte?«

»Oh ja, das tat er.«

»Seien Sie mir nicht böse, aber wenn ich Sie anschaue, werde ich den Eindruck nicht los, das Thema bringt Sie auf.«

Normann reckte das Kinn vor. »Verdammte Scheiße, ja, es macht mich wütend. Dieser Junge ist ein Killer, verstehen Sie?«

»Wäre es nicht Ihre Aufgabe gewesen, ihn zu heilen?«

»Fuck, dazu hatte ich irgendwann keine Lust mehr. Der Kerl nervte mich. Ich war jedes Mal froh, wenn die Stunde vorbei war.«

Elvira schürzte die Lippen.

»Tja, bei einem Erwachsenen könnt ihr zuhören und eure Gedanken schweifen lassen. Alles halb so wild, nicht wahr? Aber ein Kind fordert Ihre Aufmerksamkeit. Und die wollen Sie für neunzig Euro in der Stunde dem Kind nicht schenken.«

»Was reden Sie? So ein Unsinn. Ich brachte ihm bei, wie er sich verhalten sollte. Ich lehrte ihn, ein soziales Wesen zu sein ...«

»Das Sie mit einem Messer angriff.«

»Er ist ein Monster.« David Normann senkte den Kopf.

Elvira stand auf. »Verzeihen Sie, Herr Normann. Sie sind ein lausiger Therapeut. Ohne Sie wäre der Junge vielleicht viel weiter gekommen.«

Normanns Kopf schnellte hoch. »Was wissen Sie schon?«, stieß er hervor. »Können Sie sich vorstellen, wie es ist, zweimal in der Woche mit einem Jungen, einem ... Wesen zu sprechen, dessen innerste Gelüste darin bestehen, die Eingeweide eines Toten zu sehen?«

»Wie wir inzwischen wissen, hat Oliver innerhalb weniger Tage eine freundschaftliche Beziehung zu einem anderen Therapeuten aufgebaut.«

»Dann soll der damit glücklich werden.«

»Ja«, sagte Elvira. »Ich wünschte, Sie hätten nur einen Bruchteil dieses Mannes geleistet, dann wäre Oliver Strauss für uns kein Problem mehr.«

Normann schwieg.

»Danke, dass Sie hier waren«, sagte Elvira Kreidler und wandte sich ihren Akten zu.

47

Oliver traute seinen Augen nicht. Das Mädchen hing kopfüber an der Vorrichtung und es war noch so jung, so klein. Es war nackt, hilflos wie ein geschlüpfter Vogel.

So zart, fügte er in Gedanken hinzu.

Er staunte, wie ruhig er blieb, stattdessen wurde Franco neben ihm eindeutig nervös.

Sein Freund schnaufte, dann würgte er, als müsse er sich übergeben.

Vincent Burgmester kam zu ihnen. »Entspannen Sie sich, Dr. Rieger.«

Schon wieder dieser Name. Rieger. Rieger. Rieger.

Der Name kam Oliver bekannt vor. Rieger. Hieß Franco nicht Franco? Was war hier los? Franco schien den deutschen Namen genauso zu akzeptieren, wie seinen spanischen.

»Vielleicht stellst du dir die Frage«, Burgmester blickte Oliver an. »wie Menschenfleisch schmeckt.«

Oliver nickte, obwohl er nicht daran gedacht hatte. In seinem Kopf kreisten Gedanken.

»Armin Meiwes, den man auch den Kannibalen von Rotenburg nennt, sagte, Menschenfleisch schmecke wie Schweinefleisch, nur herber. Dem stimme ich zu. Herb deshalb, weil wir keine Zeit haben, das Fleisch lange genug ausbluten zu lassen.«

Burgmester strahlte Oliver an und fuhr fort:

»Genauso wie Schweine hat ein Mensch kein Fell, deshalb sind Gerüchte, es schmecke wie Rind, falsch. Außerdem ernährt sich ein Mensch anders, wohingegen Rinder nur Grünzeug zu sich nehmen. Kurzum: Menschenfleisch ist vielleicht das beste Fleisch für einen Koch, um seine ganzen Fähigkeiten auszuschöpfen.«

Oliver nickte wie betäubt.

»Das Mädchen, es ist noch so klein«, sagte er hilflos.

Burgmester lächelte freundlich. »So muss es sein. Ab dem 15. Lebensjahr wird Menschenfleisch zu zäh, wie wir getestet haben.«

Rieger. Rieger!

»Das Mädchen lebt noch.«

»Das erwarten unsere Gäste, mein Junge.«

»Was geschieht jetzt?«

Wohin Oliver blickte, blinkten die roten Lichter der Kameras, die überall in der Küche angebracht waren. Erst jetzt sah er die große Handkamera, die in einer Ecke lag. Nebenan brandete Beifall auf.

»Unsere Gäste sind zufrieden, das ist schön«, sagte Burgmester.

Rieger, verdammt!

Oliver stockte der Atem. So hatte das Mädchen geheißen, das er hatte töten müssen.

Marlies Rieger.

War das ein Zufall? Gab es so viele Zufälle?

Oder war Franco, war Dr. Rieger der ...

Oliver wollte den Gedanken nicht zulassen. Er hatte Franco alles erzählt, alles! Auch die Sache mit dem Mädchen, lieber Gott! Was, wenn Franco der Vater war?

Und warum zeigten sie ihm das alles hier? Warum tat der Fernsehkoch so, als fürchte er sich nicht, Oliver könne ihn später bei der Polizei anzeigen.

Warum schien der Meisterkoch sich völlig sicher zu fühlen? Auch die anderen? Die Kellner, die Beiköche, der Muskelberg mit der Säge.

Oliver verspürte ein Gefühl, dass er zwar kannte, aber nur selten zugelassen hatte.

Er begann sich zu fürchten.

Und fragte: »Was soll ich hier? Ich will kein Menschenfleisch essen. Das ist völlig daneben. Ich verehre sie zwar, Herr Burgmester, aber hätte man das nicht auch mit echtem Schweinefleisch machen können?«

Burgmester lachte laut. »Ein kleiner naiver Bursche, den Sie mitgebracht haben. Empfindet er wirklich nichts, Doktor? Warum, mein Junge, glaubst du, zahlt jeder der Gäste eine Million Euro? Um ein paniertes Schweineschnitzel zu essen?«

Das leuchtete Oliver ein.

»Aber ich will das nicht sehen.«

»Erklären Sie es ihm endlich, Doktor, oder Ihre Million ist zum Teufel. Also?«

Burgmesters Stimme klang eiskalt.

Franco drehte sich zu Oliver und begab sich auf dessen Höhe, indem er sich auf einen Stuhl setzte. Er legte dem Jungen die Hände auf die Schultern.

Seine Stimme war ganz leise, sein Blick intensiv und eindringlich. In seinen Mundwinkeln zuckte Furcht, jedenfalls kam es Oliver so vor.

»Deine Aufgabe ist ganz einfach. Die Menschen nebenan und unzählige im Internet bezahlen sehr viel Extrageld dafür. Sie möchten sehen, wie ein Junge in deinem Alter, fast noch ein Kind, ein anderes Kind tötet. Sie möchten sehen, wie du das Mädchen umbringst.«

Oliver riss die Augen auf und schnappte nach Luft.

Franco lächelte, zumindest wirkte es auf Oliver so. Seine Stimme klang fast flehend. »Wir haben das geübt. Du kannst das. Die Katze, der Penner, deine anderen Morde. Du bist ein Killer, ob du es willst oder nicht. Und ich will, dass du jetzt zu dem Mädchen gehst und es tust.«

»Wie heißt du wirklich?«, stieß Oliver hervor.

»Mark Rieger. Ich bin genauso ein Mörder wie du und ich war auf der Flucht, als wir uns kennenlernten.«

Francos Ehrlichkeit erstaunte Oliver.

»Du kannst mich weiterhin Franco nennt, aber auch Mark ist mir recht.«

»Warum tust du das, Mark?«, wollte Oliver wissen. »Ich bin kein mitfühlender Mensch und ich weiß, dass ich viele böse Dinge getan habe. Aber das hier ist ....« Ihm fehlten die Worte.

»Geld, Oliver. Eine Million Euro. Auch du wirst davon etwas bekommen.«

»Meine Eltern würden nicht einen Cent davon annehmen. Du kennst sie. Sie sind hochanständige Menschen. Wenn sie wüssten, dass ich hier bin, sie würden wahnsinnig werden.«

»Hören Sie, Rieger«, unterbrach Burgmester. »Wir haben nicht die ganze Nacht Zeit. Das Fleisch muss schließlich noch ausbluten. Für diese Wartezeit haben wir ein Showprogramm und die Künstler sind schon seit zehn Minuten in der Warteschleife.«

Marks Kopf fuhr hoch. »Dann sollen sie noch warten.«

»Das sagen Sie so einfach, aber unsere Bühnenkünstler müssen sich genau auf den Punkt vorbereiten.«

Mark knurrte. »Fickerei auf der Bühne? Ist es das?«

»Sagen wir ... eine sehr erotische Show. Besonders die Asiaten lieben das. Nackte Haut, bevor es gedünstetes, geschmortes und gebratenes Fleisch gibt.«

»Geben Sie uns noch eine Minute.«

Das Mädchen wand sich in ihrer Fußfessel. Sie weinte und jammerte. Ihre weißen Augen flackerten hilflos. Mit vier oder fünf Jahren war sie sich ihrer bewusst genug, um Todesangst zu empfinden. Nun begriff Oliver, warum der Hüne die ovale Schale unter das Gerüst geschoben hatte. In ihr würde das Blut gesammelt werden.

»Bevor ich das Mädchen töte, möchte ich noch etwas wissen«, sagte Oliver.

»Alles, was du willst, mein Junge.«

»Habe ich deine Tochter erstochen? Bist du ihr Vater?«

48

Will war ins Präsidium gefahren. Die Stunden verrannen, ohne dass etwas geschah. Niemand hatte Rieger und Oliver gesehen. Alle Taxifahrer der Stadt stellten sich unwissend und es gab nur eine Meldung. Sie kam aus dem »Hotel Jäger« in Charlottenburg.

Sofort rückte eine Einheit aus, um das Hotelzimmer zu untersuchen, in dem Rieger und der Junge untergekommen waren. Der Hotelier war untröstlich. Er hatte die Information im Fernsehen erst gesehen, als seine Gäste das Haus schon verlassen hatten.

Auch da war er sich nicht sicher gewesen, denn der Mann auf dem Foto hatte jenem gesuchten Dr. Mark Rieger so gar nicht geähnelt. Lediglich der Junge, ja, der konnte es sein. Letztendlich wollte der Mann seine Gäste nicht brüskieren, denn falls er sich täuschte, würde das ein schlechtes Licht auf sein Haus werfen.

Der Taxifahrer, der das gesuchte Paar abgeholt hatte, konnte nicht ermittelt werden. Das bedeutete, er hatte seine Fahrt nicht dokumentiert. Wer wusste schon, wie oft so etwas geschah. Eine kleine Nebeneinnahme hier, ein großzügiges Trinkgeld dort. Zwar konnte man dem Fahrer auf die Schliche kommen, doch ein Fahrtkilometerabgleich über die Hauptzentrale würde Tage dauern.

Elvira hockte hinter ihrem Schreibtisch, ihre Augen waren dunkel gerändert, die Mundwinkel nach unten gezogen, müde und erschöpft. »Wir kriegen ihn!«

Will beugte sich auf seinem Stuhl nach vorne. »Ja, wir kriegen ihn.«

Sie fuhr auf. »Noch keine Information von deinem Uwe Caffé?«

Ihre Stimme klang tonlos.

»Nein. Aber ich wette, er tut, was er kann. Er will einen iPod.«

»Sagtest du nicht, den bekäme er sowieso?«

Will nickte.

»Wie kommst du überhaupt dazu, ihm so etwas zu versprechen? Du hast nicht die Kompetenz dazu. Du hast ihn belogen. Den Player kriegt er nur, wenn der Staatsanwalt und ich das wollen.«

»Dann will es.«

»Und danach bekommt er noch ein paar Weiber zum Vögeln?« Sie starrte ihn an. Zornig, überfordert.

»Du musst dich ausruhen, Elvira.«

Sie wirkte wie ein Schatten ihrer selbst, auch wenn das eine abgelutschte Metapher war.

»Was machst du überhaupt hier? Ich sagte doch, ich will dich hier während der normalen Dienststunden nicht sehen. Was denken deine ehemaligen Kollegen, wenn du hier ein und aus gehst?«

Will zuckte zusammen. »Ich wollte an deiner Seite sein. Immerhin war ich nicht untätig, wie du weißt. Ich nehme an, wenn Caffé etwas erfährt, bekommst du die Nachricht zuerst.«

»Gewöhne dich langsam daran, dass du kein Bulle mehr bist.«

»Das hast du anders gesehen, als du mich brauchtest.«

»Wir sind im Einsatz, Will. Alles, was hier geschieht, dürftest du nicht wissen.«

Wills Mund klappte auf. Ihm war nach einer harschen Antwort zumute, doch er schluckte sie runter. Er wusste noch zu gut, wie anstrengend diese Stunden vor dem großen Knall sein konnten.

Wenn der Gesuchte nur noch einen Fingerbreit entfernt war, man ihn fast schon auf der Zungenspitze schmeckte.

Von so einer Aktion hing viel ab. Abgesehen von Ethik und Moral auch die eigene Karriere. Kaum etwas wurde einem Polizisten mehr übel genommen, als ein Versagen in letzter Minute.

»Also soll ich mich verpissen?«

Sie verzog das Gesicht. »Mann, frag' nicht so dämlich. Ich habe jetzt wirklich keine Zeit, mich mit einem abgehalfterten Ex-Polizisten zu streiten.«

»Sorry, Lady. Streiten wollte ich wirklich nicht.«

»Kapierst du nicht, was hier abgeht?«

»Ich sehe eine Frau, die überfordert ist.«

»Na und? Geh' jetzt endlich. Oder sollen alle spitzkriegen, dass du die Amtsleiterin vögelst?«

Elvira wirkte heute fremd. Sie war nicht die Frau, die er ... mochte, die ihm ein gelindes Bauchkribbeln geschenkt hatte.

Im Licht der Schreibtischlampe wirkte sie verbraucht und abgehärmt. Er konnte sich in diesem Moment nicht vorstellen, mit ihr ins Bett zu gehen. Außerdem sprach sie ihn in einem Ton an, den Will verabscheute. Von oben herab!

»Vielleicht hast du recht«, sagte er knapp. Er stand auf.

»Ja, vielleicht habe ich das«, sagte sie.

»Ich wünsche dir viel Erfolg, Elvira. Morgen früh erfahre ich ja alles aus den Nachrichten.« Er drehte sich um.

»Wilhelm!« Sie sprang auf und rannte hinter ihm her. An der Tür stellte sie ihn. »Es tut mir leid.« Sie sah zu ihm auf, ein süßlicher Hauch kam aus ihrem Mund. Ein feiner Schweißgeruch umgab sie.

»Nein, Elvira. Das tut es nicht.«

»Sei kein Arschloch, Will. Wir stehen alle unter großer Anspannung.«

»Ich hatte mal einen guten Freund. Der liebte ein hübsches Mädchen, zwei Jahre lang. Dann musste mein Freund umziehen. Sie beschlossen, es ohne Möbeltransport zu tun, ganz alleine. Niemand half ihnen dabei. Nach drei Tagen waren sie so erschöpft und entmutigt, dass sie nicht mit jenen Gesichtern klar kamen, die sie gesehen hatten. Sie kamen sich vor wie zwei Fremde. Nach dem Umzug trennten sie sich.«

»Will, bitte ...« Sie verzog das Gesicht.

»Ich rufe dich an, Elvira. Jetzt will ich nach Hause. Ich bin müde.«

Sie trat zur Seite und ließ ihn gehen.

49

»Du bist der Mörder meiner Tochter!«

Oliver zog instinktiv den Kopf zwischen die Schultern und machte einen Schritt zurück.

»Du brauchst keine Angst zu haben«, sagte Franco. »Ich werde dir nichts tun. Hätte ich das gewollt, wärst du schon längst tot.«

»Du brauchst mich hier. Nur deshalb hast du mich am Leben gelassen.«

Francos Gesicht verzog sich zu einer Fratze, jedenfalls kam es Oliver so vor. Sein Freund und Therapeut stand auf und überragte Oliver um Haupteslänge.

»Es würde mir nichts ausmachen, das Mädchen zu töten«, sagte Oliver kalt. »Das wisst ihr alle hier, nicht wahr?«

»Dann höre endlich auf zu reden, Junge, und tue, wozu du hier bist. Oder glaubst du, ich habe Lust, den Gästen jeweils 300.000 Euro zu erstatten? Hältst du mich für einen Samariter?« Vincent Burgmester war wütend. »Zuerst hatte dein Freund den Auftrag, uns das Fleisch zu besorgen, doch dann hatte er eine andere Idee. Wir kümmerten uns selbst um das Kind und nun will ich, dass du die Vereinbarung erfüllst.«

»Einverstanden, ich tue es«, sagte Oliver. »Aber was geschieht dann? Du, Franco, brauchst mich nicht mehr und wirst dich an mir rächen. Und Sie, Herr Burgmester, wissen, dass ich Ihr Gesicht gesehen habe und Sie jederzeit verpfeifen könnte. Ich bin, glaube ich jedenfalls, noch strafunmündig. Das Schlimmste, was mir geschehen kann, ist ein Aufenthalt in einer Klinik.«

Burgmester und Franco schwiegen.

Der Fernsehkoch schüttelte langsam den Kopf.

»Du bist noch so jung, Oliver. So naiv. Ein Erwachsener hätte diese Vermutungen niemals laut geäußert, sondern sich einen Plan zurecht gelegt, um dem zu entkommen. Ach, du bist noch so jung. Und deshalb gebe ich dir ein Versprechen. Weil ich dich mag. Weil ich dich nett finde. Und weil du meine Kochkunst bewunderst.«

Oliver hörte aufmerksam zu.

Hinter ihm ließ jemand einen Gegenstand fallen. Oliver zuckte nicht zusammen. Es schepperte. Der Hüne ging zur Kettensäge und wog sie in den Händen. Das Mädchen heulte immer lauter. Speichel tropfte an einem langen Faden aus ihrem Mund in die Auffangschale. Ihr Kopf war hochrot.

Burgmester sagte: »Niemand wird dir etwas tun. Du bist völlig sicher. Ich verbürge mich dafür, dass Dr. Rieger sich nicht an dir vergreift.«

»Jetzt nicht«, antwortete Oliver. »Und was wird später sein? Fährt er zurück nach Gran Canaria? Rächt er sich an meinen Eltern, die ich von hier aus nicht schützen kann?«

Der Mann mit der Kettensäge näherte sich Oliver, der den Hünen nicht aus den Augen ließ. Er stellte sich neben Franco und starrte den Jungen grimmig an.

»Wollen Sie mich einschüchtern?«, keuchte Oliver. Er hatte noch immer keine wirkliche Angst, vielmehr ein dumpfes Gefühl der Ohnmacht. Das Gefühl, versagt zu haben. Die helle Küche, die blinkenden Kameras, die Stille nebenan, wo vermutlich alle wortlos auf den Großbildschirm starrten, die wie angewurzelt stehenden Kellner und Beiköche. Alles war wie in einem Alptraum. Und der Mann würde ihn jetzt töten.

Der Hüne zog an einer Schnur und die Säge sprang an.

»Hören Sie auf damit«, stieß Oliver hervor. »Ich tue ja, was Sie wollen.«

Mehr und mehr kroch Furcht durch seine Glieder, schiere Todesangst. Er wollte das hier überleben. Er wollte nicht sterben.

Die Kettensäge heulte auf und der Hüne machte eine blitzschnelle Bewegung zur Seite. Die Kette fraß sich in Francos Hals, saugte sich regelrecht im Fleisch fest, der Körper des Mannes tanzte und zuckte auf der Stelle wie bei einer fadenlosen Marionette, und nach wenigen Sekunden dieser grauenhaften Tortur brach der Therapeut zusammen, während sein abgetrennter Schädel über den weißgefliesten Boden rollte.

Sofort waren die Beiköche da und deckten den Torso, aus dem Blut schoss wie eine Fontäne, mit weißen Decken ab.

Oliver war davon getränkt, ebenso der Mann, der die Kettensäge ausstellte und am langen Arm hängen ließ. Er wirkte völlig unbeteiligt.

Francos kalte, tote Augen starrten zu Oliver hoch, der sich einnässte und spürte, wie ihm warmer Urin an den Beinen hinablief.

Einer der Kellner nahm den abgetrennten Kopf an den Haaren und warf ihn in eine Blechschüssel. Die weißen Decken glänzten nass und rot und konnten den Blutstrom nicht verbergen. Eine Pfütze bildete sich wie ein kleiner roter See.

»Nun kann er dir nichts mehr tun«, sagte Burgmester sachlich.

Nebenan brandete Beifall auf, Johlen, Schreie, Gläser klirrten, Stimmen schwirrten durcheinander. Pure Begeisterung.

Immer wieder starrte Oliver den abgetrennten Kopf an und Stimmen brüllten durcheinander, die er nur in seinem Inneren vernahm. Weinen, Heulen - oder war es das kleine Mädchen?

Warum war sie noch nicht bewusstlos?

Wie lange hing sie schon kopfüber? Wie lange ertrug das ein Mensch?

Papa, Mama – ich will zu euch!

Ich vermisse euch so sehr!

Ich bin doch noch ein Kind! Bitte passt auf mich auf! Bitte seid für mich da! Das habe ich nicht gewollt! Ich gehe auch in eine Klinik, jahrelang, wenn es sein muss, aber so möchte ich nicht leben.

»Können wir fortfahren?«, fragte Burgmester. »Das Problem Rieger ist gelöst. Nun lösen wir das Problem Antje.«

Lieber Gott, nun hatte sie einen Namen.

Die kleine Antje, schwarze kurze Haare, vermutlich aus einer Familie gerissen, weggebracht, um als Speise für degenerierte Dämonen zu dienen.

Burgmester beugte sich zu Oliver und flüsterte so leise, dass es die Kameras nicht aufnehmen konnten:

»Ich werde dir noch fünf Minuten Zeit lassen, Junge. Dann tust du, wofür du hier bist, oder auch dir wird der Kopf abgesägt. Gehe zu den Gästen. Trink von mir aus auch einen Schnaps, wenn es dir hilft.«

Mit zitternden Beinen stakste Oliver durch die Küche und die schmale Tür, die zum Speiseraum führte. Alle Köpfe waren zur Bühne gedreht, wo sich zwei Männer und eine Frau in Position brachten.

Die Gesichter der Gäste waren gerötet und ihre Augen glühten, soweit Oliver das erkennen konnte. Sie nickten ihm freundlich zu und einer - ein Asiate? - bot ihm einen Platz an.

Eine Frau reichte ihm ein Glas mit Wasser. Oliver trank. Seine Lippen waren taub. Er sah zur Bühne und sofort wieder weg.

Porno!

Er hasste Porno!

Dort taten sie das, was er im Internet gesehen hatte.

Zwei Männer und eine Frau, schön ausgeleuchtet und nicht völlig nackt, sondern mit Federn geschmückt, aber dennoch war es dasselbe. Sie drangen ineinander, drückten ihre Körper zusammen und die Frau ächzte, während ein Mann seine Finger in sie steckte, gut sichtbar für alle. Die Männer mochten gut aussehen, besonders auffällig waren die Dinger zwischen ihren Beinen, die so viel größer waren als alles, was Oliver bisher gesehen hatte. Dicke Würste, die von der Frau befingert wurden.

Oliver ekelte sich. Er versuchte, in den Gesichtern der Gäste zu lesen.

Es gelang ihm nicht, denn nicht einer nahm seine Augen von der Bühne.

Leise, pumpende Musik erfüllte jetzt den Raum.

»Ich will hier weg«, flüsterte Oliver, sicher, dass ihn niemand hörte.

Wumpa, poch, wumpa, poch – rhythmisch, weich, irgendwie ekelhaft, als tanze eine nackte Schnecke, als bewege sich die Welt nur noch in Zeitlupe. Blubbernde Basstöne, die direkt in seinen Magen drangen, wie es ein Mann jetzt bei der Frau machte, die ihren Mund aufriss, als wolle sie um Hilfe schreien.

Oliver sprang auf und rannte hinaus.

Schwer atmend lehnte er sich in den Türrahmen.

Soeben war Burgmester dabei, Öl zu erhitzen, es zischte, als er Speck anbriet, was Oliver sofort roch. Speck! Das geheime Gewürz. Das Mädchen hing völlig bewegungslos in ihren Seilen. Den Kopf von Franco hatte man weggeschafft, auch seinen Körper. Eben wischte der Hüne die Blutreste von den Fliesen, eine vergebliche Bemühung, denn die roten Flecken waren überall. Er stellte den Wischer weg, kam zu Oliver und legte eine Pranke auf dessen Schulter. »Alles klar, Kurzer?«

Oliver nickte wie ein mechanisches Spielzeug.

»Dann bring's zu Ende. Der Maître wartet. In vierzig Minuten ist die Show beendet und in einer Stunde erwarten die Gäste erste kulinarische Ergebnisse. Wir beginnen mit einem Salat. Du musst das Kind unbedingt jetzt schlachten.«

Erneut nickte Oliver.

Alles war zu spät. Es gab keinen Ausweg. Und vermutlich würde man ihn töten, nachdem er das Mädchen umgebracht hatte. Würde ihn zerstückeln und irgendwo vergraben oder in einer Tiefkühltruhe aufbewahren für ein weiteres Menü, für das die Gäste dann weniger bezahlen mussten. Sein Leben war vorbei. Die Türen waren groß, schwer und aus Stahl. Feuerschutztüren nannte man die. Draußen wurde das Gebäude bewacht. Er war die Maus in der Falle.

Er würde Mama und Papa nie mehr wiedersehen.

Wie schön wäre es gewesen, er hätte weinen können.

50

Will war betrunken.

Nach langer Zeit wieder, obwohl er sich geschworen hatte, nie wieder Alkohol anzufassen.

Nun, er war nicht sehr betrunken, lediglich angeheitert. Er saß auf dem Küchenstuhl und starrte vor sich hin. Er stand auf und checkte seine Mails.

In diesem Monat schon der dritte Verlag, der ihm ein Angebot über die Vertonung seines Buches machte. Vergeblich, denn das Hörbuch war schon produziert und würde in einer Woche auf den Markt kommen. Eigentlich zu spät, aber niemand hatte mit dem Erfolg von *Die Augen der Dunkelheit* gerechnet.

Er legte die Finger auf die Computertastatur.

Wie gut sich das anfühlte.

So fernab von Mord und Tod.

Zärtlich fuhren seine Fingerspitzen über die Tasten.

Schreiben war ein einsamer Beruf. Niemand ahnte, wie viel Arbeit und Herzblut ein Schriftsteller in sein Werk legte, sollte es den Leser berühren. Stundenlang alleine. Die Welt draußen ignorierend. Hineinfallen in die Sätze, die Zusammenhänge, was schmerzhaft sein konnte. Bei einem Sachbuch war das nicht anders als bei Belletristik. Es ging stets um den Einsatz, den zu leisten ein Autor bereit war.

Würden die Leser ihn auslachen, in der Luft zerreißen?

Oder würden sie ihn lieben, sein neues Buch gutheißen?

Seitdem es die E-Book- und Printmedienportale gab, bekam ein Autor umgehend Resonanz.

Sogenannte Leserrezensionen. Manchmal handelte es sich um ausgefeilte Texte, viel öfters, um kurz gefasste, nicht selten hämische Meinungen. Hin und wieder wurde Will die Ahnung nicht los, manche Rezensenten arbeiteten sich an Autoren ab, ließen Alltagsfrust und Wut auf sie prasseln, viele von ihnen, ohne das Buch jemals gelesen zu haben.

Es gab so viele Bücher. Gefällt mir dieses nicht, nehme ich eben ein anderes. Was machte so viel Spaß daran, den unnützen Unmut zu zeigen? War es nicht viel schöner, Begeisterung zu äußern? Das war ein Abbild der heutigen Welt, die voller Gewalt und Tod war, voller Frust und Depression. Es machte mehr Spaß, mit üblen Worten um sich zu werfen, als zu loben.

Es bereitete mehr Vergnügen, Tag für Tag auf beliebten Privatsendern mit Totschlag, Skandalen und Irritationen verklebt zu werden, als ein schönes Buch zu lesen, den Horizont zu erweitern und sich nicht erdrücken zu lassen.

Er dachte misanthropisch.

Na und?

Er hatte jeden Grund dazu.

Er war zurückgekehrt in die Welt der Polizei.

Das war nicht mehr seine Welt.

Sie gehörte zu einem anderen, früheren Will Prenker.

Eines allerdings schwor er sich. Uwe Caffé würde seinen iPod bekommen. Wenn Will Prenker etwas versprach, hielt er es auch, und wenn es Wochen brauchte, um den MP3-Player mit Musik zu füllen, egal, was Elvira dazu sagte.

Wenn die Sache mit Oliver und Rieger vorbei war, würde er ein Buch darüber schreiben und er würde nie wieder als Ermittler arbeiten. Vielleicht fand er eine gute Frau, vielleicht auch nicht.

Er begann, die Einsamkeit und die Stille zu mögen.

Denn die Stille stellte keine Fragen, aber sie konnte auf alles eine Antwort geben.

51

Oliver stolperte zu Antje. Er erkannte nicht, ob sie bewusstlos war oder mitbekam, was um sie vorging.

Burgmester kam auf Oliver zu und reichte ihm ein großes Messer. »Die Leinwand an. Show unterbrechen!«, befahl er.

Nebenan wurde es still. Die Musik schwieg.

Oliver ging zu Antje, die unversehens den Kopf hob und ihn aus großen Augen anstarrte. Sie quiekte leise, wirkte so hilflos, hilfloser als die Ratte, als die Katze, als der Penner. Wirkte so, wie ein Kind, das sich nach den Eltern sehnte, wie auch Oliver sich nach seinen Eltern sehnte.

Sie waren sich so unglaublich ähnlich.

Einsam und alleine in der Hölle.

Burgmester trat zwei Schritte zur Seite, blieb aber in Olivers Nähe. Er nickte auffordernd.

Antje begriff, was geschehen würde, und begann zu kreischen.

Ihre Laute ähnelten denen der Katze, die Oliver auf das Brett genagelt hatte. Grell und durchdringend. So klein das Mädchen war, empfand es tiefste Todesfurcht. Sein Verstand würde sowieso für alle Zeiten geschädigt sein, vermutete Oliver und sprach sich auf diese Weise Mut zu. Es war besser, sie starb, denn ihr Verstand stand sowie kurz vor dem Exitus.

Er hob das Messer.

Es blitzte im hellen weißen Licht.

Der Hüne hinter ihm schnaufte.

Die Beiköche wirkten wie gelähmt.

Die Kellner standen an der Tür.

»Meine Damen und Herren«, begann Burgmester und wandte sich zu einer Kamera. »Es ist mir eine große Freude, Sie begrüßen zu dürfen. Die bisherigen Geschehnisse waren für Sie, so hoffe ich, erfreulich. Auch in diesem Jahr bemühen wir uns, Ihnen eine unvergessliche Nacht zu bieten. Bevor ich Ihnen voller Stolz die einzelnen Punkte des heutigen Sechs-Gang-Menüs offenbare, kommen wir zur Schlachtung. In diesem Jahr wird diese nicht von unserem alten Freund Huber«, er nickte dem Hünen zu.

»sondern von einem zwölfjährigen Jungen durchgeführt. Dieser Junge empfindet keine Gefühle. Es handelt sich um eine außergewöhnliche seltene Gehirnschädigung. Ab sofort werden wir ihn Slaughter nennen. Das ganze Team wünscht Ihnen viel Freude mit ... Slaughter!«

Danach die ganze Rede noch einmal auf Englisch.

Antje zuckte und wand sich wie ein Regenwurm. Erstaunlich, wie viel Kraft in ihr steckte.

Slaughter!

Schlächter!

Oliver traute seinen Ohren nicht. Sie feierten ihn wie einen Helden. Endlich war er jemand. Er wurde im Internet gezeigt und nebenan auf einer Leinwand. Er war ein Star.

Er wurde ernst genommen. Diese Menschen schämten sich nicht, seine Schädigung anzunehmen und ihn als den zu präsentieren, der er war.

Ich bin ein gottverschissener Freak!

Oliver trat zu Antje. Das Mädchen kreischte wie am Spieß.

Er setzte das Messer an.
Weiße panische Augen, die ihn aufzufressen drohten.
Speichel und Tränen, die in die Wanne tropften.
Urin, der von dem kleinen nackten Körper tropfte.
Und Olivers unbedingter Wille, die Sache hier und jetzt zu beenden.

Oliver drehte ab und rannte in Vincent Burgmester hinein. Er stieß dem Koch das Messer bis zum Heft im Körper. Er zog es sofort wieder heraus. Es flutschte zurück und bevor jemand reagieren konnte, rammte er es dem Fernsehkoch in den Hals. Burgmester riss die Hände hoch, taumelte zurück, während neben seinem Kehlkopf das Messer auf und ab wippte.

Nebenan wurde es lauter.

Zuerst Stimmen, die durcheinander riefen. Die Gäste hatten alles auf der Leinwand verfolgt und schienen zu ahnen, dass die Dinge aus dem Ruder liefen.

Oliver konzentrierte sich auf Burgmester, der gegen einen Ofen taumelte, die Hände an der Kehle mit dem Messer, auf dem sich das helle Deckenlicht brach.

Hinter Oliver ein Geräusch. Die Motorsäge wurde angelassen.

Ihr blechern grelles Schreien übertönte die verzweifelten Laute von Antje, die jetzt wie versessen an ihrem Strick zappelte.

Der Hüne, Burgmester hatte ihn Huber genannt, kam auf Oliver zu wie ein Monster aus einem Videospiel.

Oliver war jung, geschmeidig und schnell.

Er machte zwei Sprünge und war bei der großen Pfanne, in der Burgmester Speck erhitzt hatte. Sie war groß, aus Gusseisen, sehr schwer und so heiß, dass Oliver sich die Fingerspitzen verbrannte.

Er nahm sie wie einen Tennisschläger und schleuderte Huber das siedende Fett mitten ins Gesicht. Der Hüne ließ die Motorsäge fallen, sie tanzte auf und ab, ging aber nicht aus. Huber stolperte grell kreischend über die Maschine und stürzte. Er tastete blind um sich und die Kette fraß sich in seinen Arm. Mit einem Sprung war Oliver bei ihm und hievte die Maschine hoch. Sie war schwer. Fast zu schwer für ihn. Ein röhrendes Monster, bebend, stinkend, erschreckend, die ihm fast die Arme aus den Schultern hebelte.

Ihr Summen und Raunen erfüllte seinen ganzen Körper, während er sich bückte und die Kette in Hubers Schädel versenkte, wo sie sich festfraß, stotterte und ausging.

Huber zuckte wie unter Strom, dann lag er still.

Oliver ließ die Säge, wo sie war, stolperte zurück und wirbelte herum.

Burgmester lehnte noch immer hinterrücks an seinem Ofen. Er musste die Kraft eines Ochsen haben. Er starb nicht so schnell wie die Schüler, die Oliver getötet hatte. Sein massiger Körper wehrte sich.

Oliver ignorierte den Fernsehkoch, denn nun stürzten sich die Beiköche auf ihn.

Nebenan wurde es immer lauter.

Schreie!

Kreischen!

Männer und Frauen in eleganter Kleidung stürmten in die Küche. Die Kellner schlossen sich ihnen an. Sie rannten zur Feuerschutztür, durch die Oliver und Franco gekommen waren, und rüttelten daran. Niemand konnte sie öffnen.

Jemand hatte sie hinter ihnen abgeschlossen.

Oliver huschte zur Seite, als einer der Köche ihn angriff.

Er warf mit einem großen Topf nach seinem Angreifer, dann fand er Halt an einem Feuerlöscher, den er von der Wand riss. Er wusste nicht, wie er ihn in Gang setzte, und warf ihn weg. Der andere Koch zerrte die Kettensäge aus Hubers Schädel und brachte sie wieder auf Touren.

Die Kette rotierte und brummte wie ein bösartiger, alles zerfleischender Dämon.

»Nein!«, brüllte Oliver, der begriff, was der Beikoch vorhatte. Vermutlich um die Panik der Gäste zu beenden.

Einer der Köche drehte sich mit der Maschine zu Antje und hob sie über seinen Kopf. Wenn er sie senkte, würde er das Kind in der Mitte durchtrennen.

Die Gäste bekamen das Schauspiel mit. Sie wurden ganz still, einige von ihnen drückten sich mit den Rücken an die Wand, andere schienen neugierig zu sein, eine Frau konnte nicht aufhören zu jammern.

Es roch nach Fett, nach Blut und Schweiß und süßem Parfüm. Zehn panische Gäste, die die große Küche füllten, zwei Beiköche, zwei Kellner, Antje, Burgmester, der sich nicht regte, und Oliver, der sich fühlte wie eine Ameise unter einem Schuh. In der Küche war die Hölle los.

»Bleibt hier, stay here!«, brüllte der Koch, der die Kreissäge über das Mädchen hielt. »Don't go! Wir werden kochen! So, wie es vereinbart war!«

»Neeeein!«, kreischte Oliver. »Sie hat keinem was getan!«

Der Koch mit der Kreissäge fletschte die Zähne.

Er ignorierte Oliver und drehte den Kopf zu den Gästen, die nun wirkten wie eine Meute aufgeregter Kaninchen in ihrem Bau, im Angesicht der Schlange, die den Weg hinein gefunden hatte.

»Wir werden kochen. Bleiben Sie hier. Gehen Sie wieder nach nebenan. Amüsieren Sie sich. Die Veranstaltung wird stattfinden.«

»Hören Sie auf!«, brüllte einer der Männer auf Deutsch über das ohrenbetäubende Schnarren der Kettensäge hinweg. »Es ist vorbei. Uns ist der Appetit vergangen!«

»Schluss, verdammt!«, brüllte ein anderer Mann.

»Aufhören!«, donnerte ein anderer mit französischem Akzent.

Schweiß lief über Olivers ganzen Körper. Antje zuckte und sabberte. Über ihr bebte die Kettensäge.

Oliver traute seinen Augen nicht.

Der Mann mit dem französischen Akzent griff in sein Jackett und zog eine Pistole.

Ohrenbetäubend donnerten Schüsse durch die Küche. Querschläger pfiffen von Töpfen und Pfannen. Er war augenscheinlich ein ungeübter Schütze. Wen wollte er treffen? Ihn, Oliver? Er duckte sich hinter den glänzenden Edelstahl einer Ablage.

Dann traf eine Kugel den Koch mit der Kreissäge und riss ihm den Schädel in Stücke, zumindest einen Teil davon.

Kiefersplitter regneten.

Blut spritzte.

Oliver zögerte nicht, sondern sprang mit jugendlicher Beweglichkeit, ungeachtet der Schüsse, nach vorne und rammte sein ganzes Gewicht in den Körper des Koches, damit dieser, während er stürzte, mit der Säge das Kind nicht verletzte.

Der Koch mit dem beschädigten Schädel warf die Hände in die Höhe und drehte sich einmal um die Achse, bevor er zu Boden ging. Die Kreissäge fiel knapp an Oliver vorbei und tanzte wie verrückt über die Fliesen. Dann erstarb ihr tödliches Grollen. Das hatte nur eine Sekunde gedauert.

Der zweite Koch rannte nach nebenan in den Speiseraum.

»Where's the key?«, rief eine Frau.

Sie suchten den Schlüssel für den Ausgang.

Alle wirkten wie aufgescheuchte Tiere. Nur weg hier, weg!

Der andere Kellner, schweißgebadet und aufgelöst, zerrte die Frau am Ärmel. »Hinterausgang. Wir müssen zurück durch den Speisesaal. Da gibt es einen zweiten Ausgang. Hier vorne ist alles zu. Wir müssen hinten raus.«

»Rear Exit, my friends!«

»Sortie de derrière!«

»Alles klar. Hinter ihm her!«

Wie eine wilde Meute Tiere hetzten sie hinaus und Oliver war in der Küche alleine. Er sah sich um.

Alles war blitzschnell geschehen.

Und dann war nur noch Stille.

Vincent Burgmester schwankte, aber er stand noch. Antje hing ganz ruhig, vermutlich war sie ohnmächtig. Wie es schien, hatten die Gäste und die Kellner den Hinterausgang gefunden, denn es war völlig still.

Oliver ging auf Burgmester zu.

Er blickte dem Mann mitten ins Gesicht, versuchte es zu lesen. »Ich habe Sie so bewundert.«

Burgmester grunzte, tastete nach dem Messer, als wolle er es aus seinem Hals ziehen, während ein schmaler Blutstreifen aus seinem Mund sickerte. Seine schwarzen Haare waren noch immer exakt in der Mitte gescheitelt. Sein weißer Schnauzbart wirkte makellos. Lediglich auf der weißen Kochschürze breitete sich ein Blutfleck aus.

»Was ... hast ... du ... getan?«, spuckte er aus.

»Ich bin kein Mörder. Ich töte kein unschuldiges Kind.«

Burgmester sah aus, als wolle er sich vor Lachen ausschütten, doch nur sein Oberkörper wackelte.

»Was ... bist ... du ... dann?«

»Ich bin ein kranker Junge. Und dieses Mädchen hat mir nichts getan. Ich glaube, ich habe heute gelernt, dass es noch viel Schlimmeres gibt als mich. Wie krank muss man sein, um einen Kochkurs wie diesen zu machen? Wie dämonisch können Menschen sein?«

»Du bist ... nicht ... besser.« Burgmester grunzte und umklammerte das Messer. Der Blutfleck auf seiner Kleidung wurde immer größer. »Auch du bist ein Dämon, mein Junge.«

»Mag sein. Vielleicht haben Sie recht, obwohl Sie das gar nicht wissen können. Sie wissen nur, was Franco Ihnen sagte.«

»Du bist ein Mörder!«

»Diese Menschen hier sind Dämonen, weil sie sich langweilen. Ich bin ein Dämon, weil ich so geschaffen wurde. Diese Menschen hier sind wahrhaftige Mörder, auch diejenigen, die nur zuschauen. Sie klatschten voller Freude, während meinem Freund der Kopf abgeschnitten wurde. Das ist bestialisch. Man sollte euch alle töten. Ich hasse euch alle und besonders hasse ich Sie, Sie ... Koch!«

Burgmester fehlten die Worte, aber vielleicht war er auch nicht mehr in der Lage, etwas zu sagen.

Oliver nahm ein kleines Messer aus einer Halterung und ging zu Antje. Vorsichtig schnitt er das Mädchen los und ließ es in seine Arme fallen.

Er öffnete auch die Bein- und Armfesseln. Mit geschlossenen Augen lag das Kind in seinem Arm.

Oliver wog die Kleine und blickte sie aufmerksam an. Er drehte Burgmester den Rücken zu. Er wollte nicht sehen, wie der grausame Mann starb.

Was haben sie dir angetan? Wirst du nun so wie ich?

Armes Kind!

Bevor er sich auf die Suche nach einem Handy machte, um die Polizei zu rufen, würde er sie noch eine Weile wiegen, ihr Trost spenden.

Armes Kind!

Hinter ihm rutschte Burgmester zu Boden. Er spuckte Blut und seufzte so laut, dass es die ganze Küche erfüllte. Oliver kümmerte sich nicht darum. Er fühlte nur den kleinen weichen Körper in seinem Arm.

So hilflos!

Wie ein Küken!

So unsagbar hilflos!

Eine Hand legte sich auf seine Schulter. Eine Hand, in der ein Messer lag. Burgmester war zu Oliver gerutscht und hatte sich das Messer aus dem Hals gezogen. Mit schier übermenschlicher Kraft legte er es Oliver von hinten an die Kehle. Der Junge erstarrte, Antje hatte noch immer die Augen geschlossen und sah in seinem Arm aus wie ein nacktes Neugeborenes.

Nun sterbe ich!

Oliver hatte diesen Gedanken ganz sachlich formuliert. Und es war ihm egal. Vielleicht musste es so sein.

Papa hatte mal gesagt, dass jeder Mensch einen Weg zu gehen habe. Man träfe auf manche Abzweigungen und musste sich entscheiden, welche man nahm. Er war seinen Weg gegangen, und der führte in die Dunkelheit. Obwohl er selbst getötet hatte, war die Begrifflichkeit von Leben und Tod für einen Jungen seines Alters zu abstrakt. Es geschah, wie es geschah! Es gab kein Entkommen.

»Ich werde dich braten!«, stieß Burgmester hinter Oliver aus. Sein schwerer Körper drückte sich gegen Olivers Rücken.

Um sich zu wehren, würde er Antje loslassen müssen.

Sie loslassen? Nein, das konnte er nicht tun.

Schon der Kontakt mit den Küchenfliesen würde sie beschmutzen, würde den Kontakt von Hölle zu Seele herstellen.

Das wollte Oliver nicht. Konnte er nicht. Eine reine Seele sollte diesen Unrat nicht spüren müssen.

Die Klinge tastete über seine Haut.

Burgmester hinter ihm schnaufte, bebte und grunzte voller Vorfreude auf die vielleicht letzte Tat seines Lebens.

»Du hast alles zerstört, du kleines Ungeheuer.«

Oliver widerstand dem Instinkt, sich umzudrehen. Damit würde er Antje dem Zugriff des Mannes aussetzen. Also schloss er die Augen und wartete auf das Unvermeidliche. Er hoffte, dass nicht zu viel Blut auf das kleine Mädchen spritzte. Er wollte nicht, dass diese reine Haut damit besudelt würde.

Er wartete.

Der Stahl an seiner Kehle.

»Tun Sie es endlich«“, stöhnte Oliver.

Stille, nur das schwere Atmen des Fernsehkochs. Der Mann stank nach nahendem Tod und nach Schweiß. Und noch etwas war dabei, so unwirklich, dass Oliver fast gelacht hätte.

Haarspray. Derselbe Duft, den Papa morgens immer am Kopf hatte, wenn er zum Frühstückstisch kam.

Die Klinge an seinem Hals zitterte.

Ganz langsam schob Oliver eine Hand nach oben. Vielleicht bekam er das Messer zu greifen. Er war es sich und seinen Eltern schuldig, vielleicht sogar Franco, diese winzige Chance zu nutzen. Worauf wartete Burgmester?

Abrupt lösten sich die Finger, das Messer rutschte über Olivers Brust, das Gewicht auf seinem Rücken wurde geringer, der dampfende Körper fiel zur Seite und Burgmesters Kopf krachte neben Olivers Knie auf die Fliesen. Er sah den Jungen aus großen kalten Augen an.

Er war tot! War von seinem Tötungsinstinkt geleitet worden, ohne die Tat umsetzen zu können.

Oliver schloss die Augen. Ohne es zu spüren, schüttelte er den Kopf, während sein Körper vor und zurück wippte, das Kind im Arm, hin und her, hin und her.

Er musste ein Handy finden und die Polizei holen.

Noch ein paar Minuten.

Nur noch ein paar Minuten.

Er drehte sich mit Antje etwas weg, damit er nicht mehr dem Blick des Toten ausgesetzt war.

Er strich dem Mädchen die Haare aus der schweißnassen Stirn. Er beugte sich vor und schnupperte an ihr. Wippte, wippte, vor und zurück. Sie roch nach Schweiß, Unschuld und Milch.

So unschuldig!

Und Oliver weinte.

52

Das Sondereinsatzkommado des LKA nahm vier Gäste fest, als sie versuchten, das Land zu verlassen.

Ein junger Polizist fand Mark Riegers abgesägten Kopf und erbrach sich an Ort und Stelle.

Ein anderer die kopflose Leiche. Er kicherte wie ein Irrer und verließ den Tatort, um seinen Flachmann zu leeren.

Der blonde Junge mit dem nackten Mädchen im Arm starrte traumatisiert vor sich hin, Gast in der Welt des Grauens.

Am nächsten Tag gab Elvira Kreidler eine Pressekonferenz, in der sie als Heldin gefeiert wurde. Oberstaatsanwalt Spinner stand neben ihr und glänzte übers ganze Gesicht. Dr. Mark Rieger, der Serienkiller, war tot. Der Schülermörder war gefasst. Das LKA konnte sich wieder mit seiner Tagesarbeit beschäftigen.

Niemand sprach über Will Prenker.

Zumindest nicht offiziell.

Drei Tage später trafen sich Will und Elvira in einem Café. Hier bot sie ihm an, wieder zum LKA zurückzukehren. Intern habe man beschlossen, auf einen Mann wie Will dauerhaft nicht verzichten zu wollen.

Elvira hatte kein Hehl daraus gemacht, dass im Grunde niemand anders als Will Prenker den Fall gelöst hatte.

Will rechnete Elvira diese Offenheit hoch an. Sie besaß Rückgrat und Anstand, das musste er ihr lassen.

Dann entschuldigte sie sich für ihre harsche Reaktion an jenem Nachmittag im Präsidium.

Will sagte: »Du bist eine Individualistin, ich bin ein Individualist. Ich bin dir nicht böse. Du hattest großen Druck. Ich war lange genug Polizist, um das zu begreifen. Da rutschen einem schon mal Worte raus, die man nicht so meint.«

Sie lächelte erleichtert und versuchte, seine Hand zu greifen.

Er entzog sie ihr und sagte: »Ich habe nachgedacht, Elvira. Und ich habe beschlossen, nie wieder als Polizist oder Ermittler zu arbeiten. Ich glaube, dieser Beruf bringt das Schlechteste in mir zum Vorschein. Tod und Blut, verstehst du? Und immer bleibt etwas an mir hängen. Schuld und das Gefühl, die Welt sei ein dunkler Ort. Ich habe lange darüber nachgedacht, ob ich wieder Verbrecher jagen will. Und ich habe meine Entscheidung getroffen«

»Du hast es dir so sehr gewünscht.«

Soeben hatte sie sich bei ihm entschuldigt, hatte es mit einer zärtlichen Geste versucht. Dann würde sie ihn begreifen. Würde verstehen, wie er sich fühlte. Wenn ihre Gefühle für ihn wahr waren, würde sie seine Entscheidung akzeptieren.

Doch sie tat es nicht.

Er belüge sich. Er verhalte sich wie ein verletztes Kind, stieß Elvira hervor. Nun endlich habe sich sein Traum erfüllt, außerdem habe sie sich dafür eingesetzt, verdammt noch mal! Eingesetzt, verstehst du?

Ihr letzter Satz hallte im Café wider.

Will blieb freundlich. Ja, sie hatte sich für ihn eingesetzt. Doch sie war jener Typ Mensch, der ihm eben dies stets dann vorhalten würde, wenn es nicht nach Wunsch lief. Außerdem ...

»Ich habe in den letzten drei Tagen fast ununterbrochen geschrieben. Das neue Buch wird ein Knüller. Ich werde nur noch als Schriftsteller arbeiten.«

Sie blickte ihn an, als sei er ein Insekt. Sie wand sich in verletzter Eitelkeit. Diese Zurückweisung ertrug sie nicht. Empört stand sie auf, wobei sie ihre Tasse umwarf.

Will blickte zu ihr hoch. Vielleicht wäre er auf ihre neuerliche Annäherung eingegangen, hätte ihre Entschuldigung akzeptiert, möglicherweise hätte alles ganz anders kommen können, doch was er nun vor sich sah, war eine fremde Frau.

Dann solle er seine beschissenen Bücher schreiben, sagte sie kalt. Es war ein Wunder, dass sie nicht ausspuckte.

Sie ging und Will tupfte kopfschüttelnd mit einer Serviette den Tisch sauber.

53

Justizvollzugsanstalt Berlin Moabit.

Uwe Caffé nahm das Päckchen entgegen. Es war geöffnet und überprüft worden. Er griff hinein und zog den iPod hervor. Ein Ladegerät, Kopfhörer, alles, was er sich gewünscht hatte.

Er lächelte still.

Guter Mann, Will Prenker!

Der Ermittler hatte sein Versprechen gehalten, obwohl Uwe Caffé ihm keine Gegenleistung geboten hatte.

Caffé scrollte durch die Interpretenlisten. Oh Mann, da hatte sich einer Arbeit gemacht. Mehr als 1000 CDs, komplett aufgespielt. Von Abba bis Zappa war alles dabei.

Und Hörbücher. Lange Komplettlesungen, wie er gefordert hatte.

Caffé lehnte sich auf seinem Stuhl zurück und schmunzelte.

Es gab einen guten Grund, dass er Prenker nichts über den Kochkurs gesagt hatte. Zuerst hatte er es gewollt, denn er hielt seine Versprechen. Dann hatte er es sich anders überlegt.

Einer seiner Mithäftlinge hatte stolz davon berichtet. Nicht deshalb war er verhaftet worden, sondern wegen eines Überfalls auf eine Tankstelle.

In vier Jahren war er wieder draußen. Der Narr machte sich wichtig, indem er von dieser Veranstaltung erzählte.

Und darüber, dass er dabei jemanden getötet hatte, was die blöden Bullen bisher nicht wussten und niemals wissen würden. Und was ihm lebenslänglich einbringen würde. Er habe Hotte umgelegt, den Fleischlieferanten, hahaha. Immer dann, wenn er zu viel Dope rauchte, von dem es im Knast genügend gab, quatschte er darüber und machte sich wichtig. Hotte sei ein Idiot gewesen und er habe ihn kalt gemacht. Cool, he? Ich bin einer von euch! Nehmt mich ernst! Auch ich bin ein Mörder!

Da gab es diesen Ehrenkodex. Man schiss niemanden bei den Bullen an. Und wer hätte garantiert, dass Caffés Offenbarungen nicht zu seinem Mithäftling geführt hätten?

Außerdem gab es Dinge, über die man besser nicht nachdachte.

Geschweige denn, darüber sprach.

Dunkle Dinge, die so schrecklich waren, dass es sogar einen ganz normalen Mörder schüttelte.

54

In der Kinder- und Jugendpsychiatrie Berlin wurde Oliver gut behandelt. Er bekam Einzeltherapie, auch Gruppentherapien und Medikamente. Es gab Sport, Kunst und Gestalttherapie.

Dennoch war er Stunden am Tag mit sich alleine und seinen Gedanken. Dann saß er vor dem großen Fenster und sah auf die Grünfläche hinaus. Er wusste nicht, was geschehen war, nachdem er in Burgmesters Hosentasche ein Handy gefunden und die Polizei gerufen hatte. Ihm wurde erzählt, er habe auf dem Boden gekauert, die kleine Antje im Arm, die er nicht hatte loslassen wollen. Dem Mädchen ging es inzwischen wieder gut.

Es handelte sich um ein Heimkind, das nur Stunden, bevor es sterben sollte, entführt worden war.

Jedermann war Oliver dankbar, jedenfalls wurde ihm das berichtet.

Zeitungen gab es auf seiner geschlossenen Abteilung nicht.

Fernsehen wurde kontrolliert, Nachrichten ausgespart.

Die Welt hätte untergehen können, Oliver hätte nichts davon mitbekommen.

Hinzu kam die Trauer um seine Eltern. Man sagte ihm, sie hätten einen Autounfall gehabt. Nie wieder würde er Mama und Papa sehen, mit ihnen sprechen oder streiten. Jetzt war er alleine, vielleicht für den Rest seines Lebens.

Es ging ihm wie Raskolnikow. Gefangen in einem Straflager. Er musste zwar nicht bei Wind und Wetter Steine brechen, er bekam stets genug zu essen, dennoch war er ausgesperrt, weggenommen aus dem täglichen Leben. Sieben Jahre waren es für Dostojewskis Helden gewesen, wie lange würde es für ihn sein?

Eine Frage beschäftigte Oliver so sehr, dass sie ihn bis in seine Träume verfolgte:

Hatte er Antje verschont, um sein eigenes Leben zu retten oder weil er Mitleid mit ihr empfunden hatte?

Vielleicht würden die Ärzte eines Tages die Antwort finden, vielleicht er selbst.

Konnte es sein, dass der Schock eine Seite in ihm zum Vorschein gebracht hatte, die bisher niemand entdeckt hatte?

Konnte er empfinden?

Die Polizei sagte, er habe geweint.

Fühlte er? Hatte ihn das Schicksal des Kindes emotional berührt?

Konnte jemand ohne Empathie weinen?

Oliver lehnte sich in dem Stuhl zurück. Er hatte noch ein langes Leben vor sich, das für ihn viele Überraschungen bereithalten würde. Was er erlebt hatte, die schwache Hoffnung, war für ihn ein kleines Licht.

Er zündete es an, denn das war besser, als die Dunkelheit zu verfluchen.

ENDE

DANKE

Wie in jedem Thriller danke ich meiner Freundin und Kriminaldirektorin
Michaela Mohr.
Ohne sie wäre dieser Roman nie entstanden,
denn die Grundidee kam von ihr.

Danke für deine tollen Tipps, Micha!

*

Und wie immer, aber ganz speziell und aus vollem Herzen
danke ich meiner lieben Andrea,
die mich beim Schreiben ertrug und den Text nicht nur las,
sondern mithalf, dass er zu einem besseren Roman wurde.

Nachwort

Liebe Leserin,
lieber Leser,

vielen herzlichen Dank, dass Sie diesen Roman gekauft und auch gelesen haben.

DANKE!

Damit haben Sie viel Vertrauen in mich gesetzt und ich hoffe, Sie hatten einige spannende, aufregende und nicht zu aufwühlende Stunden.

Wenn ich die Rezensionen zu meinen Romanen IN LIEBE, DEIN MÖRDER und SEI MEIN MÖRDER lese, habe ich den Eindruck, nicht wenige Leser sorgen sich um meinen Geisteszustand.

Manchmal sitze ich vor dem Text und stelle mir dieselbe Frage, aber vermutlich geschieht das jedem ernstzunehmenden Thrillerautor. Man stelle sich vor, wir alle wären Psychopathen, eine Horde Wahnsinniger, angeführt von Stephen King als Oberdämon. Wir schleichen durch die Nacht und schneiden Kehlen durch, während Meister King sich mit einem Geisterauto abmüht oder einen Deal mit Randall Flagg eingeht, Sebastian Fitzek Frauen würgt, Simon Beckett Menschenfleisch filetiert und ich selbst Bäuche aufschlitze. Möglich? Zumindest Stoff für einen neuen Roman.

Aber auch nur dafür. Im richtigen Leben sind wir alle ganz normale Typen, die beschlossen haben, die Leser etwas zu erschrecken und vor allen Dingen zu unterhalten. Denn das ist unser Beruf. Wenn wir nicht schreiben, widmen wir uns unseren Familien und sind ganz normale Menschen.

In diesem Roman ist die Hauptperson ein 12-jähriger Junge. Ich höre schon die Mahnungen besorgter Leser. Warum schrieb er ausgerechnet über ein Kind? Dazu muss man wissen, dass die meisten psychischen Probleme sich im Kindesalter zeigen. Die Krankheit, unter der Oliver leidet, gibt es tatsächlich. Einen Begriff dafür fand ich bei Recherchen in einem Buch des Physikers Richard Dawkins. Es heißt »Der entzauberte Regenbogen«, und ich empfehle es an dieser Stelle.

Die letzten 40 Seiten dieses Romans präsentieren eine Subkultur, die schier unglaublich scheint und an den Haaren herbeigezogen. Dennoch gibt es sie. Hier musste ich wenig erfinden. Durch das Internet hat sich eine Welt unter der Welt, wie ich sie nenne, geöffnet, eine dunkle Wirklichkeit, die Dante vorhergesehen zu haben scheint. Seine Kreise der Hölle werden immer enger, der Wahnsinn der Langweile und des Geldes treibt immer scheußlichere Blüten. Es gibt das Grauen der Kinderpornografie, Menschen suchen Mitmenschen, die sie töten, vielleicht danach verspeisen, sexuell Frustrierte begegnen sich auf Autobahnraststätten zum Gangbang, jegliche Grenze scheint aufgehoben zu sein.

Was Sie über den „Kochkurs“ gelesen haben, fand meines Wissens noch nie in Deutschland statt, aber in Südamerika.

Snuff-Videos, also Videos von Menschen, die leibhaftig hingerichtet werden, gibt es. Vor allen Dingen in den USA sind diese Videos im sogenannten Underground Knüller, die für viel Geld weitergereicht werden.

Zwar streiten viele Fachleute das ab, aber war es nicht je so, dass alles gemacht wird, was gemacht werden kann?

Das zufällige Wiedersehen mit dem Mutter-Tochter-Paar habe ich selbst erlebt. Nach einer gemeinsamen Wüstentour in Nordafrika und weitere sechs Jahren saßen die beiden am Nachbartisch in einem Restaurant ... mitten im Dschungel von Sri Lanka. Glauben Sie mir, selten haben eine Handvoll Menschen so gestaunt!

Wer annimmt, ich zeichne ein zu negatives Bild unserer Kinder, dem sei gesagt, dass fast alle großen deutschen Magazine über die Unsitte berichteten, viel zu frühe sexuelle Erfahrungen auf Handys zu speichern, um diese auf dem Schulhof zur Schau zu stellen oder daheim auch tagsüber Pornofilme sehen zu müssen, weil die Eltern süchtig danach sind. Dadurch verlieren unsere Kids das ganz natürliche Verhältnis zur Zärtlichkeit, da sie annehmen müssen, dass die Welt der Lust und Liebe jene verstörende Welt ist, die ihnen diese Filme zeigen.

Erpressungen hinter dem Schulhof? Gang und gäbe. Eltern sollten voller Vertrauen und Verständnis mit ihren Kinder reden und sehr genau zuhören.

Ich fühle mich nach wie vor der Haitaucher, von dem ich im Nachwort zu SEI MEIN MÖRDER schrieb. Mich treibt die Wissbegierde.

Während ich einen Thriller schreibe, lerne ich vieles dazu. Ich begreife, wie Menschen ticken, lerne, wie sie denken und wozu sie fähig sind. Ein Tauchgang, der gefährlich ist, glauben Sie es mir. Denn er verfolgt den Autor bis in seine Träume. Der Hai hat das Maul stets geöffnet und er schnappt dann zu, wenn man es am wenigsten erwartet. Meistens kurz vor dem Erwachen an einem sonnigen Morgen.

Nun wende ich mich wieder den Gefährten von MITTLAND zu, die seit 3000 Seiten Abenteuer erleben, moderne Märchen, auch diese manchmal dunkel, doch stets mit dem berühmten Silberstreif am Horizont. Ich freue mich auf eine mental entspannende Arbeit.

Letztendlich wollte ich Sie unterhalten und vor allen Dingen dafür sorgen, dass Sie für eine Zeitlang den Alltag vergessen. Wenn mir das gelungen ist, bin ich zufrieden.

Vielleicht lesen wir uns bald wieder. Ich würde mich freuen.

Beste Grüße
Ihr Volker Ferkau

August 2013

Infos und Gespräche mit dem Autor auf

www.mittland.de

DIE BEWEGENSTEN THRILLER 2013!

Umstritten, kontrovers, mitreißend
spannend, unvergesslich!

Als E-Book, Taschenbuch und Hörbuch

Liken auch Sie die Facebook-Fanseite

"Volker Ferkau Books"

16980028R00137

Printed in Poland
by Amazon Fulfillment
Poland Sp. z o.o., Wrocław